四十再当妈？

方英　储冬爱
等／著

SPM 南方出版传媒、广东人民出版社
·广州·

图书在版编目（CIP）数据

四十再当妈？/ 方英，储冬爱等著．—广州：广东人民出版社，2016.1（2018.6重印）

ISBN 978-7-218-10729-5

Ⅰ．①四… Ⅱ．①方… ②储… Ⅲ．①纪实文学—作品集—中国—当代 Ⅳ．①I25

中国版本图书馆CIP数据核字（2016）第018282号

Si Shi Zai Dang Ma

四 十 再 当 妈？

方英 储冬爱 等著

出 版 人：肖风华

策划编辑：肖风华 许春芳

责任编辑：赵世平 温玲玲

责任技编：周 杰 黎碧霞

出版发行：广东人民出版社

地 址：广州市大沙头四马路10号（邮政编码：510102）

电 话：（020）83798714（总编室）

传 真：（020）83780199

网 址：http://www. gdpph. com

印 刷：广州市穗彩印务有限公司

开 本：889mm×1194mm 1/32

印 张：8.5 **字 数：**165千

版 次：2016年1月第1版 2018年6月第2次印刷

定 价：42.00元

如发现印装质量问题，影响阅读，请与出版社（020-83795749）联系调换。

售书热线：（020）83795240

时光流转，容颜渐逝，
文字永存，爱倾城！

生？不生？这是一个问题。

2015年10月29日，十八届五中全会决定全面放开二孩，这意味着一对夫妇将可以合法生育两个孩子。对于体制内的60后、70后家庭来说，这是一个令人欣喜又纠结的消息。欣喜具有了生育二孩的选择权，纠结已经错过了最佳生育年龄，二孩生育将面临巨大的家庭生活方式及职业发展轨迹的调整，更为重要的是将面临高龄生育的风险。

就是这欣喜和纠结的复杂心情将我们汇集起来。作为牵头人，我给身边有过二孩生育经历和正在纠结是否生育二孩的朋友打电话，令人激动的是大家迅速响应，交流群在“全面放开二孩”消息公布的第二天就建了起来，开始热烈地讨论并策划这本书的写作。

社群写作的过程也是愉快而激烈的交流过程，集合大家的意见，我在一周内确定了编写体例，明确了个案访谈和自述两种叙述形式，并拟定访谈提纲，第二周进行试访并写出样章供大家批评参考。每一章出炉都会在群里引起关注和讨论，大家像期待精彩电视剧的下一集一样期待新的篇章出现。

在“全面二孩”政策之前，每个人生育二孩的命运都不一样：有的是辞去工作躲在家生育，为避人耳目白天很少外出；有的是意外怀孕后夫妻双方被迫辞去工作，面临经济压力和生活方式的巨大转变。每个人生育二孩的出发点也不一样：有的是为了给子女有个伴；有的是为了加强夫妻之间的情感纽带；还有的是为了满足公公临终“希望有个孙子”的遗愿。女性在生育二孩后工作与家庭的平衡方式也不一样：有的辞去工作回归家庭，更为安心地投入家庭生活；有的依然将工作作为生活重心，在三天出院之后即投入公司的经营；有的因为生育二孩而被迫离开工作，之后重新开始新的职业发展。在二孩的养育理念和方式上也不尽相同：有的精心投入，以弥补抚养第一个孩子时因为工作忙碌而投入不足的遗憾；有的因为有了第一个小孩的抚养经验，可以更为得心应手地“粗养”第二个小孩，等等。总而言之，书中每一个故事都各不相同。

现在，全面放开二孩，“生还是不生”对于60后、70后、80后的家庭是一个令人纠结的问题。我们带着这个问题与身边的先行者交流探讨，将她们的故事整理出来。书中这些先行者的二孩生育与个体命运的故事或许能触动你，对你有所启发，而这正是我们写作本书的初心。

考虑到高龄生育的特点，本书还特别邀请了暨南大学附属医院妇产科的罗新主任从医学角度进行分析和解答。同时，为回应父母担心一孩排斥二孩的心理，书中还附上了已读大二的姐姐对比她小15岁的妹妹幽默而有爱心的文字；15岁的高中生写给他未来弟弟或妹妹的信，其中透着酷酷的青春期气息。而且，我们还非常幸运地得到一位80多岁老妈妈的支持，她用笔在稿纸上记下了自己当年为有一个女儿而生育六个小孩的故事，如今，她与这个“小棉袄”生活在一起。

这是一本社群写作的快书，也是一本真诚交流的书，书中传递的是爱和信念，唯有爱和信念可以让每个人的命运充满希望和期待！生或者不生，经过思考、交流和分享之后做出合适的选择，这是60后、70后，甚至80后的父母们在新政下必经的心路历程，我们愿与您同行。

方英

2016年1月1日

目录

是否，你正像她们一样纠结？

四十再当妈？

有时，也听听他们的想法。

四十再当妈。

是否，
你正像她们一样纠结？

写这些文字时，我住在香港不足40平方米的家里，儿子如一只活脱欢快的小鹿，在狭小的房间里跑来跳去。一会儿跑到我跟前说一句『妈妈，我爱你！』忽地又跑开来，他与我女儿性格迥异。曾经有人问我，生这个孩子觉得值不值？我不知怎么回答。生命中许多事情没法去掂量，第二个孩子的到来是我生命中最大的意外。

一个男人围着三个女人的生活大戏

／芳　扬／

题记：她，燕子，开朗活泼，有颗不安分的心，还有点小资。他，阿贵，高大帅气，诚恳老实。2013年，两人双双从公司辞职，她决定再生一个孩子，他决定从打工者变为自己经营的小老板。2014年，她35岁，他39岁，大宝9岁，小宝如约而来……

给自己一个赌注

我与老公是大学同学，大学刚毕业，22岁那年，我们就结婚了，但因为当时工作不稳定等原因，婚后四年多才生了大宝。老公家是一个很大的家族，大到无法计数，仅就我们这一辈来说，弟兄9个，姐妹4个，一共13个。每个兄弟姐妹又仿佛在比谁家孩子多，每家生三五个的很正常，只有我们家一个孩子，还是女儿。自从大宝两三岁后，每次家庭聚会，被问得最多的就是：“你怎么还不生二孩呀？你准备什么时候生呀？”以至于有段时间我都不敢见他们家里的人了。其实，一开始我和老公誓把“一孩”坚持到底，虽然我和老公都不是“体制内”的人。我们都认为，孩子数量不重要，质量才重要，关键要把孩子培养好，而且我们俩喜欢女儿甚于儿子。我们家庭经济条件也不是特别宽裕，当时，我和老公都在一个家具企业工作，一个管生产，一个做销售，在郑州这个内陆城市，两人的收入虽然不算低，但也算不上富有，每月除去房贷、生活费，所剩也不多。另外，我不想因为养育孩子失去工作和自由，大宝出生后，因为要照顾大宝，我做了两年多的全职妈妈，一直到大宝上幼儿园，才重新回到职场。

老公家族中也有几个与我年龄相仿关系特别亲密的女性，大家经常一起玩，看着她们一个接一个地生二孩、三孩，坚持一孩的想法有点动摇。也许是自己的孩子慢慢大了吧，看到别人家的小宝宝，都觉得特别可爱。这些闺密们也劝我：“快生吧，都30多了，再不生的话，年龄就大了，到时想生可能都生不了了，你该后悔了。”慢慢地，我有点心动了。

朋友的影响还不是我决定生第二个孩子的主要原因，主要原因是那时我正在经历婚姻的危机。在决定生二孩前的一段时间，我和老公的关系特别不稳定。不知是因为婚姻之痒还是因为生活太平淡无味，两人总是看对方不顺眼。过去在我眼里的老公的优点全变成了让人无法接受的缺点。比如：老公很实在不会花言巧语，在我看来就是不懂浪漫、冷漠，老公的节俭在我看来就是小气，总之，两人做事说话都不合拍。那段时间，两人见面就吵架，打电话也吵架，工作上看法不同，生活中两人追求的生活方式也不同，每次吵完架恨不得第二天就去办离婚手续，婚姻已走到破碎的边缘。无论如何，必须打破当前的生活状态，我就寻思着，要不要再生个孩子，这样的话，两个人的焦点就转移到孩子身上，有了共同的关注点，就没空吵架了。于是我就给自己下了一个赌注，决定“再生一个”，希望新生命的加入能改变目前的婚姻状态。事实证明，我的“赌注”没错，有了小宝后，我和老公的关系改善了很多，家庭氛围也变得活跃温暖。当然，这是后话。

刚开始与老公商量生二孩的时候，老公不同意，说自己都三十七八岁了，等孩子出生都40岁了，孩子30岁的时候，他都70岁了，他接受不了。但出于让大宝以后有一个伴的考虑，老公最后还是同意了。关于二孩想生儿子还是女儿，我俩想法倒非常一致，我们都想再生一个女儿。老公认为，女孩比男孩好养，而且，既然生老二是为了给老大做伴的，那就更要生女儿了，这样，两个孩子长大了，才有说不完的悄悄话。如果老二是男孩，长大后，弟弟和姐姐也没什么话说。我也认为，女儿乖巧，天天可以将两个姑娘打扮得漂漂亮亮，特别是一想到可以带着两个小美女穿着姐妹装出去玩，多可爱啊。顺便说一下，我特别爱“捯饬”孩子，大宝小时候，我天天不重样地给她扎辫子，穿不同风格的服装，虽然经济不太宽裕，但给孩子买漂亮衣服绝不吝啬。

艰难的孕期

怀孕的过程并不顺利，从计划要孩子开始，大约有半年都没有怀上。去医院咨询医生，医生让我每月去医院测排卵期，坚持测了三个月，还是没有怀上，转眼到了2014年的春节。大年三十，家人一起非常开心，那晚就喝了一点红酒，到夜晚觉得肚子特别疼。第二天早上用测试棒测了一下，竟然有孕了。

怀孕大约40天左右，我去医院检查，医生说还没有孕囊和胎心！过一星期再来检查，结果还是没有孕囊和胎心！我心里紧张极了，每过一星期就到医院检查一次，一直没有好消息。大概59天左右，我和老公商量，如果还没有孕囊和胎心，这个娃就不要了。幸运的是，第二天去检查，孕囊和胎心终于正常了。

怀大宝的时候，我基本没什么反应。但怀小宝第二月就开始孕期反应，而且比较厉害，恶心、呕吐，吃饭的时候，看到没有色彩的饭就不想吃。那时，公公婆婆都住在我家，婆婆觉得自己辛苦做了饭，我竟然不吃，就很生气，说以后大家自己做饭自己吃。从此，一家人做两样饭，婆婆做公婆两人的饭，我做自己和大宝的饭。老公因为自己的公司刚成立，工作忙，较少在家吃饭。这样住了一段时间，四个人吃两锅饭，大家都觉得特别扭，与公婆的关系也日益紧张。没过多久，公婆就回老家了。

那时，因为低血糖和颈椎病，我总是头晕，有时没有办法做饭，只好买一些馒头放在家里，中午我和大宝就蒸点馒头、喝点牛奶凑合一顿。晚上，我就带大宝到附近饭店吃点。这样，一直坚持到第五个月，怀孕反应好了很多。

到第七个月，又出问题了。因为营养不足、低血糖，又加上夏天天气炎热，总是眩晕。最严重的一次，我送大宝去上舞蹈课，晕倒在地铁口。幸亏大宝反应快，马上叫了辆的士，把我送回家，又赶紧给她爸爸打电话。老公赶回来送我去医院。到医院下车时，没注意，左手被车门狠狠夹了一下，整个手黑紫黑紫的。头晕加上“十指连心”的疼痛，整个人觉得喘不过气来。到了医院，医生说听不到胎心，一家人吓坏了。医生马上实施急救，大约两分钟后，胎心才慢慢恢复正常。

从准备要二孩开始，我一直在一家私立医院检查，怀孕八个月的时候，我想换到公立医院生产，就将怀孕档案转到了Y医院。到Y医院后，由于一直血糖低、血压低，医院就给我开了一些补品“阿胶”让我吃。吃了一段时间后，有天突然肛门脱落，那叫个疼啊。有天疼得实在坚持不住，老公又不在家，大宝就带着我去Y医院。好不容易到了医院，医生不负责任地说，他们也没办法，我和大宝只好回来。但回到家，还是很疼，我不停地哭，没办法，我们只好又去了Y医院，但换了个医生。医生让我把“阿胶”停了，但仍然说疼痛没办法解决。我和大宝只好又走了。但我疼得实在走不了路，只好坐在大马路边。大宝叫了一辆的士过来，将我搀回了家。大约晚上7点多老公回来了，我们决定回到以前产检的私立医院再看看，医生检查后，又问我吃了什么？让我躺在检查台上，不到两分钟就解决了疼痛。医生说，怀孕后期，是不可以吃“阿胶”的，特别是像我这样“血热”的人。说实在的，选对医院真的很重要。那时，我有点纠结，是在这个私立医院生宝宝，还是在公立Y医院生。后来，由于这个私立医院床位很紧张，而且Y医院住院环境好一点，我们还是选择了Y医院。

第九个月，爸爸妈妈过来了，我和大宝的幸福生活开始了。那两个月，身体情况较好，就是水肿得厉害，脚肿得都穿不上鞋子。爸爸妈妈在这儿，专事家务和做饭，营养自然也好了很多，七个月时，医生还说胎儿有点偏小，但到快生时，医生说胎儿有点大。可能是胎儿大，自己又很胖，身高1米6左右的我那时竟然体重90公斤，所以有时走路多了，还是有些头晕，而且容易累。

特别值得说的是，从怀孕六个月开始，到爸妈到来这段时间，老公由于公司刚成立，事特别多，基本没有时间陪我去产检，每次都是我们家大宝带我去医院。在医院里，到哪里挂号、哪里交费、哪里做检查，大宝比我还清楚。医生和护士们都说："这么小的孩子，楼上楼下跑着办手续，你不怕她跑丢了。"说实话，怀孕那一年，我们家大宝特别懂事，特别能干，帮我做了很多事，有时觉得不是我在照顾她，而是她在照顾我。放假期间和每天放学后，基本上都不出去玩，天天在家陪我，怕我突然出现什么状况。有时，大宝自己也会调皮地和老公说："我在帮你照顾孕妇。"

让人"后怕"的产后七天

终于快到了与小宝见面的日子，孕期第39周的一晚，突然出血，我们就赶紧来到医院，医生说开始宫缩了，于是就办理了住院手续。但住院了一周，仍不见有动静，我有点着急了，就去找医生，问怎么办？要不要先出院？医院建议再做一次B超。B超结果出来后，医生说孩子至少八斤以上，建议剖宫产。我一听也蒙了，没想到孩子这么大，没了主张。赶紧与老公商量，最后听从医生的意见，决定"剖"。医生开始排手术时间。但没想到，快到中午时，突然肚子疼，医生说，马上准备手术。我还没反应过来，更没来得及准备，手术室的推车已经来了，很快进了手术室。

因为那段时间，刚好出现了两例产妇羊水栓塞的事件，社会上传得沸沸扬扬。在做手术准备时，医生反复和我说羊水栓塞的情形，告诉我如果出现这种情况应该怎么办，让我非常紧张。我只好在心里不断地安慰鼓励自己："别的孕妇能顺利生产，我也可以。"同时告诉医生不要紧张，我会全力配合。

剖宫产是局面麻醉，所以整个手术过程我意识很清醒。终于，小宝在中午12点左右来到了这个世界。虽然是第二次当妈妈，但孩子拿出来那一刻，仍然非常激动。医生说："是个小女孩。"天啊，是一个八斤七两的胖丫头。看到小宝第一眼，觉得跟大宝刚出生时非常像，仿佛一个模子印出来的，只不过，小宝胖一些，大了一圈。

小宝出生的第一天晚上，表现很乖，不哭不闹，我的状况也不错，与家人有说有笑。但到了第二天中午，我突然感到窒息，着急地在身上乱抓，老公赶紧去找医生。可医生怎么也找不到原因，不知怎么回事。医院赶紧给省医院打电话，省医院派来了三个专家。专家来后，马上查找原因，说要抽血检查。但几个医生，抽了20分钟，竟然都没有抽到血。专家们犯愁了，搞不清到底是什么原因引起的，只好将所有仪器都用上，进行体征监测。那两天，每天都昏昏沉沉的，脑子里都不知在想什么，但天天总不停地说，却不知自己在说什么。比如，我告诉老公要喝水，但等老公把水拿来，我却问，给我水干什么？难道生个孩子生疯了吗？这种状况一直持续了两天，体征状况好了些，但不能取氧气管，一取掉氧气管就窒息、昏迷。事后，去看望我的朋友告诉我，那两天，我是一个毫无思考能力的人，一直唠叨不停地说，说一会儿昏迷了，醒了又不停地说。这期间，省里的专家一直在研究怎么回事，最后结论是，我对宫缩针严重过敏（但医生说，基本上没有对宫缩针过敏的情况出现，但不清楚我是怎么回事）。最后，医生将宫缩针停了，第二天下午，情况就好转了。身体好转以后，按我们老家的习惯，爸爸给我炖了老母鸡汤。结果，不喝不要紧，一喝又拉肚子了。伤口疼得要命，还不停地往厕所跑，我难受得不停地哭。医生马上给我开药，结果腹泻治好了，又感冒了，咳嗽加疼痛不知有多难受。后面几天就天天喝白粥，就这样终于可以出院回家了。现在想想这段经历，我和老公还特别害怕，真的，生个娃差点连命都没有了。

“惊心动魄”的家庭风暴

为迎接我出院，前两天，爸妈把我的房间打扫了一下，床上的被子、床单都全拆洗了一遍，铺得整整齐齐，感觉好温暖。我们将小宝起名“诺依”，希望一家人能够相亲相依，这既是我和老公之间的承诺，也是对她们姐妹的希望和承诺。小宝又是女孩，正合我和老公的心意，但公公婆婆有点失望吧，他们还是希望能有个孙子的，因为怀孕期间，公公经常会和别人说，我儿媳妇怀孕了，明年我就可以带孙子了。

坐月子期间，婆婆和爸妈都在这儿。婆婆白天帮忙带孩子，妈妈负责做家务，爸爸负责做饭。可月子里，小宝夜里总是不睡，一般到凌晨三四点才睡。因为公司初创时期有很多事要打理，老公白天还回公司上班，也不忍心让他帮忙，有时，实在累得不行了，才把老公叫醒，让他抱会儿孩子。晚上都是我一个人抱孩子，一会儿走、一会儿晃，天天熬夜，非常辛苦。由于在医院的那几天，状况很多，也顾不上给宝宝喂奶，错过了最佳催奶期，后来请了催奶师也没用，小宝基本上没吃什么母乳，主要吃奶粉。

满月后，爸妈回家了，小宝的爷爷奶奶帮忙照顾孩子。从此，我们家的战争开始了。

在小宝还不到两个月的时候，公公就开始天天在家唠叨，说一大家人吃饭只靠他儿子一个人挣钱等等。我听着，真的很伤心，很无语。那时，家里经济压力确实很大，公司刚办，欠了不少债，业务也比较少，只能勉强维持。公公天天在家唠叨，我觉得没办法这样在家待下去。孩子主要吃奶粉，我想我不在家，由爷爷奶奶带孩子也没关系。于是，我就与婆婆商量，我也出去工作，这样可以帮老公分担一些公司的事，婆婆很爽快地答应了。于是，孩子还不到两个月，我就回公司上班了。

因为刚上班，公司很多业务需要熟悉，每天回去会稍晚点，大概六七点钟回家。可这种日子没过几天，公公开始发飙了。那天下午，大约5点半钟，大宝给我打电话，问我什么时候回家。我说大约6点回家。接完电话，我就和老公一起回家，走到半路，老公说买点菜带回去，我们就在路上买了些熟食，回到家大约6点半左右。

一进门，就发现家里氛围有些不对劲，大宝没有像平常一样在自己屋里做作业，而是躺在床上，婆婆在厨房做饭，公公一声不吭地坐在沙发上。我走到大宝房间问：“乖乖，怎么不写作业呢？”大宝没吭声，婆婆帮忙说：“没事，刚才她和爷爷拌了几句嘴而已。”然后我就安慰大宝说：“爷爷批评你几句也是应该的，你生啥气啊？”然后哄了哄大宝，让她起来吃饭。一家人正吃着饭，公公突然发飙，将碗筷扔到我和大宝身上，说：“我就应该伺候你们吗？我就不能批评你一句吗？要是换成亮亮哥哥（老公哥哥家的儿子），我早就打你几百回了。”

我一见这架势，赶紧带着大宝进了卧室。这时老公出来说：“我们天天在外上班很辛苦，回来希望好好吃顿饭，孩子虽然不懂事，但也没必要发脾气。”没想到，公公一听不愿意了，说他是多余的，他不想活了，他要跳楼。老公说孩子小，燕子身体也不好，你们多担待一些，不要再闹了。结果公公更生气了，说：“身体不好，都是睡的，早上那么晚起床。”老公解释说，因为晚上要带孩子，给孩子喂奶等，睡不好，早上就补会儿觉，起得晚一些。公公说：“我们农村，哪个妈妈晚上不带孩子，还不是一大早就起床了。哪有八九点还不起床的，我就是多余的。”然后往阳台走，要跳楼。一直在旁没有说话默默流泪的我，实在看不下去了，说：“叔（我们那儿把公公叫叔），您看今天也不是什么大事，咱别吓着孩子，咱不闹了。”公公大怒，往我身上扑过来，想打我的架势，说：“你想怎么样，你想干什么？”老公赶紧挡了上去，抱住了公公。一气之下，我就回屋，给老公的哥哥姐姐打电话，把他们都叫了过来。左说右劝，这场持续了几个小时的战争，终于暂时平息。那天晚上，大宝吓得一直不停地哭，小宝也不停地闹，老公更被折腾得筋疲力尽。看着一家大小，觉得日子好难过、好难过，一夜无眠。我不停地问自己：

“难道我的决定和赌注错了？”

老公的姐姐怕再起什么冲突，一直在这儿住了三天，帮我带孩子、干家务，劝我一家人过日子以和为贵。婆婆也劝我，说公公就是这脾气等等。战争爆发后，我也没再回公司上班，小宝出生后的职场生活，不到半个月告一段落。老公更左右为难，一边是亲爹亲妈，一边是妻子女儿。过了几天，老公和我商量说，都是一家人，这事就稀里糊涂过去吧，谁也别提了。我不想让老公为难，日子就这样继续下去，表面好像什么事也没发生过，但大家彼此心里都不痛快。

过了十几天，老公家的一个亲戚去世，公公婆婆要回一趟洛阳。公婆回洛阳后，鉴于结婚十几年来，我与公公婆婆一直疙疙瘩瘩的关系，我宁可自己一个人带孩子，辛苦一些，也不敢让公公婆婆来帮忙了。从此，开始了我一个人带两娃的日子。

一人带两娃辛苦但快乐的日子

大宝10岁，小宝三个月，老公工作忙还经常出差，这种日子的艰辛可想而知。

每天早上起来给大宝准备早餐、照看大宝梳洗，小宝一个人有时没人管就哭着、闹着。送走大宝，我就用小车推着小宝去买菜，郑州的冬天很冷，有时不得不给小宝裹个被子。买菜回来，小宝该睡觉了。我就打扫屋子、洗菜、切菜。等小宝睡醒，就该带着小宝去接大宝了。（郑州的学校中午都是回家吃饭和午休，虽然学校门口有午托，但因为不规范，饭菜和管理质量差，大宝托了一个月，就不愿意去了）。回家后，大宝照看小宝，我做饭。到了2点，还要抱着正在午睡的小宝送大宝去学校。最忙乱的时候是晚上，又要给大宝辅导作业等，又要哄小宝。遇上小宝生病，家里更是忙乱，顾不上做饭，没饭吃。有时中午大宝回来随便吃点面包之类的，就上学去了。小宝小时候，有时我刚转身做点事，没注意她就“咕咚”一声从床上掉了下来。有时，洗个碗的工夫，小宝自己就趴在地上睡着了。前一段，我带小宝去接大宝放学，锁门的工夫，小宝自己下楼梯了，因为刚1岁零一个月，走路不稳，一下子摔下了楼梯。小宝哭，我抱着小宝也是哭，又心疼又无助，心想，如果有人帮忙带孩子，该多好啊。哭着哭着小宝睡着了，我又担心她是不是哪里摔坏了。一直到小宝醒来，检查了一下没什么问题，我才放心。

就这样日复一日，忙碌、慌乱，我也经常累得腰疼、腿疼。这样的日子看似简单，但那种无法分身的无奈，一人带两娃的无助，不是每个人都能够体会的。有时想去看场电影，然后美餐一顿，想与闺密们一起逛逛街、聊聊天，都是一种奢望。好在小宝慢慢长大，现在1岁一个多月了，能自己走路，能表达自己的想法了，感觉轻松了一些。小宝越来越可爱，家庭氛围也越来越好，家里的笑声和欢乐也多起来了。有时，老公下班回来躺在沙发上，看着小宝在他身上爬来爬去，一会儿在老公这儿亲一口，一会儿在那儿蹭一下，一会儿搂着老公脖子，那情景真是无比温馨。现在，老公中午也经常回家吃饭，说是想小宝了，顺便也可以接送大宝上学。

小宝出生后，大宝也特别开心，每天放学回来，第一件事就是找妹妹。有时我逗她说："妈妈没时间带妹妹，把妹妹送到奶奶家养吧！"大宝一万个不同意。虽然两个宝宝相差九岁，但看姐妹俩一起玩时那种天真无邪的样子，好美。

今年，公司慢慢走上正轨并开始赢利，经济上的压力也少了些。虽然日子有时过得匆匆忙忙、紧紧张张，但一家四口在一起，真的，挺好。现在想当初怎么没有早点生我家小宝呢？让该有的幸福和快乐晚来了那么久。

后记

燕子、阿贵这对平凡的夫妻，也曾遇到婚姻的危机，也曾面临刚开始创业时经济上的巨大压力，也曾为处理公婆关系而烦恼，也曾多次因生活的无助而感伤，但因为有爱、有努力的付出，日子变得踏实而温暖。以后的日子可能依然忙碌，依然很累，但少了抱怨和唠叨，多了希望和笑声，相信快乐和幸福会多起来！生活不易，所以更珍惜！

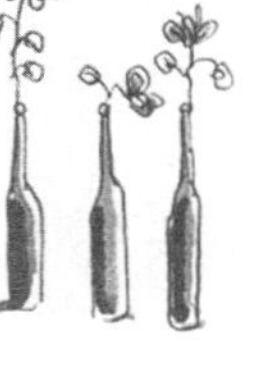

一个家庭生与不生的纠结

／元　丁／

题记：我生性喜静，不爱折腾，所幸求学、工作、成家之路还算平稳、顺利。五年之前，单独生二孩的政策没下来，全面放开生二孩的政策更是杳无踪迹，而我却意外地怀孕了！于是，我中规中矩的生活轨迹发生了意想不到的延伸，我，成了一位超生的妈妈……

家庭遇上了大难题

2010年6月，一个寻常的清静早上，我与老公开玩笑地说："莫非怀上了，这个月超过10天没来了。"一向经期准时，超过10天，这让我心里犯嘀咕了。老公不以为然地随口答道："早几天晚几天没事吧？要不，你测测？"

那天下班，我接了女儿放学，就去药店买了一盒验孕棒回

去，我以为老公已经默认了要生下孩子。一天晚上，女儿睡后，他神色凝重地握着我的手说：这个周三，我陪你去医院，咱们还是不要了吧。他说这段时间考虑了很久，生下来，我们俩不仅可能丢掉工作，丢掉房子，还会影响到女儿，怕她感情上接受不了，而且担心她失去独生子女的身份与“福利”。我反驳他，自从独生子女政策实施以来，坚持生二孩、生多胎的人就没停过，别说那些重男轻女思想严重些的农村人，别说那些有钱不怕罚的明星和商人，就是公务员队伍、知识分子群里也有啊。我滔滔不绝地给他举出许多事实与例子，想说服他，也是想说服自己，我们丢了工作，丢了房子，也是能把孩子养大的！对女儿，也并非是伤害，她在这世界上有了手足同胞，成长的道路不再那么孤单，岂不是更好？而且多了个弟弟或妹妹只会让她更懂得去爱人，学会承担责任，学会谦让，这不是美好的品德吗？更何况我们也绝不会因为多了一个孩子而减少对女儿的爱呀！他沉默了，最后，他说先去医院检查下吧。

我跟他去了医院，也想知道胎儿发育的情况。在市里的妇幼医院，医生给我做了B超，胎儿已经12周多了，发育良好，我内心一阵欣喜。医生问：这是第几胎？我说：第二孩。医生又问：想生下来吗？我说：想！在旁边的老公说：还是不要了。医生要我们先考虑考虑，如果要生，就去做产妇登记；要打掉，就要去预约床位做手术。

在医院大堂，我们争执了许久。但我没有大声斥责他，我没有爆发。我是很想要这个孩子，但还缺少破釜沉舟的勇气。对于一个喜爱孩子的人，他心情的沉重，我知道。但，只要他站在身边支持我，前方不管有多少风雨与泥泞，我都能和他一起去面对。

他去了楼上预约床位。我无力地坐在大堂椅子上，眼泪悄无声息地流着，心里很慌。怎么办？孩子有缘而来，我怎能与他错失！我希望奇迹发生，希望有人能阻止他。过了一阵，他来了，对我说：别哭了，没有床位了，先回家吧。当时我是什么感觉？我觉得自己要飞上天了，心底在大声地欢呼！在回去的路上，他一反来时的沉默，神情轻松，主动和我聊起现在许多人去美国、去香港生孩子的事情。我感到了老公态度的转变，但不知道发生了什么事。心里暗自欢喜，却一直不敢追问缘由。回到家，他不再提打胎的话，经常一个人在书房盯着电脑看上好半天。

坐着广九去香港产检

8月中旬，他跟我说，已经在网上给我预约好了香港一家医院。原来这段时间他一直埋头看电脑，是在网上查看香港生子的一些资料与信息，还默不作声地找好了医院。看来他是下定了决心要这个孩子了！他就是这样一个不爱言语，只重行动的典型理工男。

他让我去香港做产检，拿份医院预约生产的证明，这样到时就可以顺利去香港医院生孩子。但是他不能陪我去产检，根据我的预产时间，为了到时能在香港医院有宽裕的时间陪伴我，他得留出通行证上两次赴港的机会，两周的时间。我只能独自一人前往了。一个毫无方向感的人，一个人去一个陌生的城市找医院做产检？我心里七上八下。老公安慰我不要担心，他帮我买好了机票，设计好了行程，医院地址和医生的姓名都写在了纸上。

我在广州二姐家停留了一晚。我们家三姐妹，我有幸是老幺。两个姐姐都知道了我的消息，和妈妈一样支持我生下这个孩子。第二天，坐广九直通车两个小时到了香港红磡火车站。入关时，香港入境处的警察把我从队伍中叫了出来。我穿了一条宽松的裙子，自以为“隐蔽”得很好。

在2005、2006年时，就听说广九这列火车上，经常来来往往坐着许多大腹便便的孕妇。香港入境处的警察早就“火眼金睛”了。跟着他到了旁边的一个办公室，因为不知所以，心里有点小紧张。他问我有没有医院的预约书，我说没有，这次去就是拿预约书的。他又问了医院名字，仔细看了我的证件，最后跟另一位同事商议了一下，就把我带到了快速通道，跟我说：“这边快，慢慢行，再见！”他的语气和态度一直是平和认真的，没有一丝为难和傲慢。这让我对香港公务员留下了良好的印象。

在火车站，我坐出租车顺利到达了医院。来到妇产科，很安静，在排队等候的几位准妈妈，讲的都是普通话。按预约时间，我见到了医生，一位三十出头、十分干练的女医生。询问了我的基本情况，在自己办公室给我做了B超检查。她告诉我胎儿正常，是男孩。护士又帮我抽了血，主要检测有没有携艾滋病毒。她问我要做其他检查吗，我说不要。于是她很快跟我定好了剖宫产的时间，开好了生产预约书，告诉我拿齐证件到时按约定时间过来就好了。原以为会要做一大堆检查，结果没有。原以为我一个高龄产妇，她会嘱咐我很多事项，也没有。也许在香港我这个年龄生产也没什么特别吧。我轻松地跟老公打电话报信，当天从红磡坐广九直通车返程了。

从香港回来后，我妈妈风尘仆仆从老家来了，她始终放心不下，怕我们打掉孩子。有妈妈在身边，我的心境更加安定了。

“我们离婚吧！”

9月开学之前，我跟老公商量好了，过了开学前几周的忙碌期，我就跟学校辞职，他教完下学期课后再做打算。争取不惊动学校，不给领导添麻烦。说中国的独生子女政策是世界上最严苛的生育政策，一点也不夸张。在国有企业、事业行政单位内，只要有一职工超生，单位的老大——第一把手，就要面临“株连”的命运，会遭遇“一票否决”，有可能丢掉官职。

9月下旬，我如期辞职了。单位的领导和同事一片愕然。以为我不适应教书秘书的这份工作，因为我以前是做编辑的，来到这个岗位才两年。谁会想到我会放弃一份稳定的工作去生第二孩呢？毕竟我们夫妻俩都在事业单位，只是普通薪水阶层呀。后来，老公告诉我，他们学院曾经有一位女教师，为了生二孩，也悄悄辞职走了。生了孩子后，学校才知道。原来，有先行者，咱们选择的路也不孤单。心中对学校那份隐约的愧疚不免也释怀了一些。

过了一段内心宁静的日子，10月中旬的一天，我接到社区居委会一个电话，问了我的名字和我老公的名字以及学校，然后就挂掉了，莫名其妙。又过了两天，老公从学校下班回来说，他们学院办公室主任找他谈话，问我是不是怀孕了？建议我们打掉孩子，否则会影响到他的工作。学校怎知道了？思来想去，应该是9月我去做了一次产检引起的。产检前，有护士找我去登记了一些信息，没留心眼的我如实报上了真实的姓名与电话。最担心的事情还是发生了。没想到这时老公笑着安慰我：“没事，不要担心，你好好养着就行！”

但是，他的压力来了，找他谈话的领导一步步升级，学院院长，学校人事处处长，学校主管计生的副校长，校长，书记。学校的意思，只要我堕胎，不影响他的前程，而且我还可以回校去工作。如果坚持生，他不能辞职，面临开除，而且我们的住房要回收。

在学校上完课，老公不敢去食堂吃午饭了，怕同事们问他这起“新闻事件”，只好待在实验室，请人帮他买饭。最要命的是说要收房子，这是我们的软肋。薪水阶层的我们就这么一套房子，是学校分配的，以优惠价格买下的教师福利房。我们的房子交完了款，拿到了房产证，还精心地搞了装修。学校真要以超生为由收回房子，我们能据理力争吗？如果房子收回，一家老小住哪里？女儿读书怎么办？一屋子的家当堆哪里去？

我开始与老公想解决“危局”的办法。一是去开个假的准生证；二是去开张假的堕胎证明。四目相对，我们俩觉得茫然无望。“我们离婚吧！”我对老公说。以前听说过假离婚生二孩的故事。当时觉得是生二孩者的执念与决绝，现在才体会到那夫妻之间的无奈与苦楚。只要假离婚，我回老家去生孩子，他就可以继续在这城市工作，女儿可以继续在这读书，房子也不会被要走了。“想都不要想！”老公看也不看我说，“假离婚也不行！”他的态度让我不再敢多说一句。有一段时间，他茶饭不香，整日郁郁寡言。

我们学院的领导和工会主席上家里来了。辞职时，书记还真情地挽留了我，心里有点对不住她。她拿了一张关于计生的政策资料来，读给我听。我说政策了解，我们是意外怀孕，纠结了很长时间，才做出的决定。她看出我们态度的坚决，没有多说了。后来在学校碰到我老公，她还关切地询问我们的现状。

学校看我们没有动静，给老公下最后通牒：给两个月的时间考虑。那两个月是怎样的煎熬，时时担心学校会来要房子。我开始在网上查看家里周边租房的信息。我们家离女儿学校近，即使租房，也想让她继续平稳地在现在的学校读书。我也开始在网上不停地寻找许多超生者的事例，想在同行者的身上求得精神上的一点慰藉和鼓励。在北方一所高校里，还真有那样一位勇敢的超生者，他自己学法律，教法律。已有一女，却公开生下了第二孩。学校停了他的课，每月只剩几百元基本工资。但他坚持不辞职，也坚决拒交“社会抚养费”。所幸，他的身边有一群支持他的学法律的朋友和同事。他是在用生活的践行来吸引人们对独生子女政策不足的关注，我钦佩他和他妻子的胆识和勇气。

这期间，我的身体出现了一点点小状况——牙龈开始出血。吃着吃着饭，会出血；说着说着话，会出血；什么也不做，也会出血。一流起来，很长时间止不住。晚上不敢睡觉，因为一醒来，就会发现满嘴都是淤结的血块。上网一查，有孕妇牙龈出血的情况，因为孕妇体内黄体酮含量增高和口腔供血量增加，导致了牙龈毛细血管扩张、弯曲、弹性减弱、血液淤滞等。也与身体缺少维生素C有关。知道怎么回事，内心就没那么慌张了。我开始吃猕猴桃，吃菠菜。持续了将近两个星期，出血突然停止，再也没反复过。

12月底的一天，老公打电话给我："没事了，学校说我还可以继续工作，不追究了。"他的语调是那么轻快，几乎要笑出了声。我突然觉得天高云淡，有登高呐喊的冲动。学期结束，老公还是向学校提出了辞呈。学校扣下了他和我的人事档案，扣下了他所有可以报销的科研经费。房子的事却也没有再提。

家里来了个"双非"儿童

终于可以一门心思地待产了，再也没有做过产检。我的妈妈总说女人生孩子是最自然不过的事，是老天爷赋予所有女人的最神奇的本事。只要母亲身体健康，孩子就没什么问题。受妈妈这种生育观念的影响，31岁生女儿时，我选择了顺产。女儿在我肚子里，姿势很规范，乖巧得很，但就是迟迟不肯出来。超过预产期一周后，我去医院打了催产针，经过16个小时的阵痛，她才肯降临。

这一次儿子却不能顺产了。选择了在香港生下他，而我只能以自由行的身份去，一次最多待七天。无法预料他是否会在预产期如期而来。

预约手术的时间是2月7日，正好是兔年的正月初五，香港农历新年假期后上班的第一天。我们一家在广州过了年，正月初五上午，老公带着我和女儿，坐广九到了香港。他坚持要带女儿来，要她一起迎接家庭新成员的到来。

到了医院，马上住进了产房。与我第一次来医院做产检时安静的印象不一样。才正月初五，来这里生产的孕妇络绎不绝，各个产房满满的，听语言，绝大部分来自内地。医生给我做了最简单的产检，检查了胎位，听了胎音，测试了我的心跳和血压。按预约时间，下午准时把我推进了手术室。一会儿主刀医生来了，她微笑着拍拍我，“没事，别紧张啊！”我点点头，真的放松了不少。有护士给我左手臂吊水，我渐渐觉得心跳放缓，平静下来。麻醉师给我做了全身麻醉，问我要不要睡觉，但睡着了就不能看到宝宝出世的珍贵瞬间了。我当然不要睡觉！四肢和身体离我越来越远，医生们说话的声音也飘荡起来。但我的思维很清晰。他们一边谈着假期里旅游的趣事，一边很快地忙碌着。医生要麻醉师帮着扯一下我的肚子，我整个身体像一张帐篷一样被抖动起来，有点不舒服，但不痛。我听到了哇哇的哭声，儿子出来了！他们给他量完身高体重后，把他抱出去报喜——给爸爸和姐姐看。医生给我处理完伤口后，儿子又抱回来了。她热心地拿出手机给我和孩子照相，说会发到我的邮箱，留个纪念。后来，我看着和儿子的第一张照片，发现自己眼里噙着泪。

护士姑娘把我推出产房时，我冷得牙齿打战，“好冷！”“不是冷，是麻醉的作用。”很快我躺到了住房的床上，她们给我盖上了毯子，顿时觉得一股暖流拥住了我。那个下午和晚上我没见到儿子，但很快，儿科医生来报告了儿子的情况，告知了我儿子的血型，身体状况正常。老公告诉我儿子被抱到育婴室去了，还给我看了女儿和儿子的合影。儿子被护士举着，张着嘴在哇哇大叫，女儿带着一个大口罩，只露出一双大眼睛。这是他们姐弟的第一次合影。

我的产房是普通产房，住着八个人，全部是内地来生二孩的，有东北的、安徽的、浙江的、深圳的、广州的、东莞的……住在我对面床位的产妇36岁了，孩子出生后天天有人来给她送饭，陪她聊天，以为是香港的亲戚，后来才知道是中介服务。在网上，香港生产中介服务机构的广告很多，不仅在医院照顾你的饮食，而且帮你办好孩子在港的出世纸、回乡证、回港证等一切证件，一条龙服务，很周到。

第二天中午，护士姑娘通知妈妈去育婴室喂宝宝。场面真是壮观呀。此起彼伏咿咿呀呀的叫声，妈妈们一排排坐在椅子上等着自己的宝宝。一会儿护士们把宝宝一个个抱来了。要不是妈妈和宝宝手上都写着产妇的名字、编号，宝贝们还真不容易认出来呀！我儿子穿着一条裙子似的白色长袍，裹着一条粉红毛巾毯。小家伙眼睛都不肯睁开。我把他嘴巴凑到胸前，他不肯吃奶。因为一出生用的是奶瓶，不习惯吧。妈妈和宝宝亲子接触30分钟左右，宝宝们就被护士们抱回去了。晚上6点，妈妈们又被叫去喂乳一次。儿子微微睁开了一下眼睛，但依然对妈妈的奶头不接受。看到很多宝宝吃起了母乳，我着急了，问护士姑娘怎么回事。护士盯着我胸前看了两眼，说没事，多几次就好了。

第三天下午，医生就要我出院。产科床位紧俏得很，身体没问题，医生决不会让你多住。儿科医生也尽职地过来详细地报告了儿子的情况，很幸运，我们母子俩可以同时出院了。

老公带着女儿把我和儿子接到了酒店。我的女儿开始兴致勃勃地帮妈妈给弟弟泡奶粉，站在旁边看妈妈给小不点拍拍睡觉，比儿子大八岁的她满心欢喜与好奇地接受了弟弟的到来。第二天，老公抱着儿子去办出世纸和回乡证，他担心我的伤口，不让我去，要女儿陪同。我嘱咐女儿：要注意保护弟弟的头，不要被人撞着啊！她认真地点点头答应了。回来后，爸爸给我讲，姐姐的任务完成得很好，走在街上时，不管路况如何，她都紧紧跟在弟弟的小脑袋这边，护着弟弟的头不被人碰着。大宝与二宝的故事，我有所听闻，也曾有点担心，看来是多余了。

住酒店的第二天，拿到了儿子的出世纸（内地是出生证明）、回港证、港澳居民来往内地通行证。就这样，我们家出了一个所谓的“香港双非儿童”（父母都不是香港人而在香港出生的儿童）。自2001年，香港特区终审法院判定首宗内地人赴港生子，其香港宝宝有居港权后，赴港生子的“双非”宝宝就逐年递增，2001年“双非”儿童有620人，2004年达4102人，2008年为2.5万人，2010年急升到3.2万人。2013年，因香港医疗资源不堪重负，本地孕妇预约产房难，香港特区政府于是实行了内地“双非”孕妇来港产子的“零配额政策”。而此时，“双非”儿童总数已达到20万左右。

出院后的第五天，老公抱着儿子，我牵着女儿，我们租了一辆来往港深两地双排号的车子离开了香港。

开启崭新的“港漂”生活

儿子满月后不久，老公到深圳一家公司工作。我的妈妈和大姐帮我一起在浙江带孩子。儿子1岁多时，老公又很幸运地在一家香港传媒公司谋得一份技术总监的职位，成为香港专门人才引进计划的受益者。于是，2014年2月，儿子刚过3岁生日，老公带着受养人身份的我和女儿，带着香港永久居民身份的儿子，来到香港生活。

不久，我的妈妈办了探亲的港澳通行签证，可一次在港连续居住三个月。利用这个政策，妈妈又继续在香港帮我一起照顾儿子，每三个月出关办一次签证。因为在儿子1岁半时，我摔了一跤，右膝盖粉碎性骨折，做了两次手术。我当时跑步还不行，妈妈担心我一个人看护不了出门就爱跑的儿子。

老公开始为儿子找幼稚园。以居住地为中心，方圆一里内的幼稚园倒不少，由近到远，一家家寄信、打电话去申请学位。香港幼稚园数量多，但一般规模不大，而且孩子生下来就可以去排队申请心仪的学校，2岁8个月就可以入学。一个个学校给我们的回复都是："不好意思，学位已满，请到别的学校看看。"后来在离家1里行程以外找到了一家幼稚园，面试很快通过，虽然只是下午的半天班（香港本地幼稚园有全天班和半天班），还是给他交了学费报了名。到了快开学的9月初，一个离家只需五分钟步行的幼稚园，说多出了一个全天班的学位，问我儿子要不要去？当然要去啊！虽然已报名学校的学费不能退了，但我和老公还是喜滋滋地带着儿子去见了新学校的校长，毫不犹豫地又一次交了学费。

女儿来香港时是小学五年二期。她先入读了保良局的一所小学，是香港政府专门为新来港的学生准备的，学制一个学期。宗旨是让新来港学生尽快熟悉香港的生活环境，了解这里的文化与体制特点，所以学习压力不大，老师经常带着他们去参观政府办公地、博物馆、科学馆，去游览香港主要景点。一个学期后，根据学生的表现与成绩，教育局把学生分派到所辖的一些学校中，但是绝大部分要留一级。因为学校怕影响他们的升中成绩。香港的小升初，主要是看学生五年二期和六年级两个学期的成绩。保良局学校结业后，学生也可以自己去找学校。一个学期下来，女儿广东话会讲了，繁体字会写了，英语口语和听力也提高不少。爸爸带她去离家较近的一家官立小学面试，校长看了她以往的学习成绩，了解了她有乒乓球的特长后，居然同意让她顺升六年级。这位开明的女校长，一直让我和老公心生感激。女儿在六年一期全年级总成绩排名第九，第二期全年级总成绩排名第三。校长两次在她的成绩单上亲笔写上“Well Done!”的评语表示鼓励。小学毕业，女儿申请到了一所BAND1 A中学读书。（香港教育局把小学毕业生成绩进行排名，根据名次前后，依次划分为BAND1、BAND2、BAND3三个成绩等级。所谓BAND1A学校，就是招生的学生成绩均为BAND1等级的学校。）

来香港四个月后，我在一个普通话教育中心找到了一份教孩子中文的工作。自回归后，香港人学习普通话的积极性陡增，很多家长让学生课余来补习普通话和中文。但这份工作让我早上七八点出门，晚上七八点才能回家，星期六还要上班。儿子的接送、所有的家务都扔给了我70多岁的妈妈。现在，我辞去了这份工作，让劳心劳力的妈妈回老家好好休养一段时间。最近，我考到了保险牌照，与香港一家较大的保险公司签约，开始做理财顾问的工作。虽然这对不善与人、与数字打交道的我来说，无疑是个巨大的挑战！但是这份新工作给了我可贵的自由时间，既可以工作又可以料理家庭，未必不是一个美好的开端呢？

后记

写这些文字时，我住在香港不足40平方米的家里，儿子如一只活脱欢快的小鹿，在狭小的房间里跑来跳去，一会儿跑到我跟前说一句："妈妈，我爱你！"忽地又跑开来。他与女儿性格迥异，爱说，爱表达情感。

曾经有人问我，生二宝觉得值不值？我不知道怎么回答。生命中许多事情没法掂量，正如许多事情没法预测一样。第二个孩子的到来是我生命中最大的意外。因对生命的敬畏与感恩，我放开怀抱接受了他。他的到来令我平静的生活掀起波澜，但也正因此，我生活的长河变得更开阔，令我看到了沿途更多的风景。单凭这一点，我要感谢孩子的到来，他给我开了一扇门。没有他的到来，我不知道自己对生活的承重能力有多强；也不会知道生活中有许多东西原本可以放下……

时光流走，纷扰离去，沉淀于心的只有感恩！感恩生活对我的慈悲，一路行走，有亲情的温暖，有家人的陪伴，有奇迹的发生！

那一天，我绝望无助地坐在医院大堂，等着他去预约床位打胎时，到底发生了什么事呢？在儿子2岁多时，一次朋友的聚会上，他道出了原委。他去询问有没有床位，一位护士小姐得知是要预约打胎而不是生孩子时，没好气地抢白他：生孩子的床位都没有，哪有床位给你堕胎！就是那位护士小姐的一顿骂，激发了他要孩子的决心。看看，这难道不是生活中的小小奇迹吗？

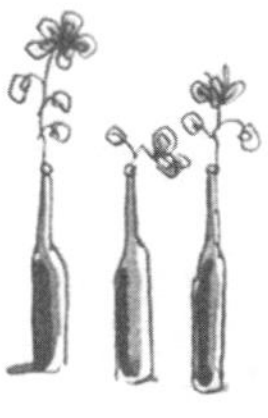

二孩就是一件鸡肋事

／李　洁　陈　雯／

题记：外面淅淅沥沥地下着雨，冒着12月的广州特有的寒气。我们约在周五的下午见面，正好是王娅没课的日子，她轻盈地为我打开家门，笑容可掬，声音特别温柔地招呼我随便坐，为这寒冷的冬天增添了浓浓暖意。她穿着棉质的休闲衣，头发散在肩头，透着大学老师特有的知性和干练范儿。她声音清亮、透彻，不急不缓地和我讲述着生养孩子的种种酸甜。

一走进王娅家中，我立刻就被整齐地摆放在沙发上的各式娃娃所吸引，顿时觉得整个屋子充满着可爱又温馨的味道。客厅不大，积木、游戏毯……错落地排列着，大部分空间都根据孩子的需求来布置，可以看出对孩子的重视程度很高。

客厅的桌子上有各种各样的茶，普洱茶、乌龙、红茶、绿茶、咖啡等，王娅细心地询问我喝哪一种，还拿出了专门冲泡的精致茶具。显然，这是一个懂得照料自己生活、追求生活品质的女人。

高龄生娃挺难的

（你生第一个孩子时是怎样的状况？）因为念书的关系，之前在国外，回国之后我30岁才结婚，这在高校里其实是比较普遍的状况，但在同年龄层的女性中已经算是比较晚的了。婚后家里的老人身体也不是很好，需要我和先生花比较多的时间照料。而且我也算有一点小小的事业心，不想一结婚马上就成为家庭妇女，毕竟接受了这么多的教育，念了这么些年的书，所以我们就没有立刻要孩子。等后来父母身体状况稍微好一些的时候，我怀孕到宝宝出生时，就已经33岁了，算是高龄产妇。各方面比起更年轻的妈妈都会显得困难一些。在刚开始怀孕的时候，我的反应就特别大，不仅吃不下东西，还一直呕吐，体重也是起起伏伏，一度瘦了20斤不止。直到宝宝五个月的时候，妊娠反应也依然很大，吃不下睡不着的，整个人状态都不佳。也许是因为高龄生产，所以对各方面的考虑都会多很多，最担心的就是宝宝的健康，每次去医院产检做筛查的时候都很害怕，担心孩子出生之后有问题，一家人都难过，那段时间自己还经常哭，都有些轻度抑郁了。还好是先生一直陪着我、鼓励我，我才能坚持下来。现在再回想起来，那种害怕的感觉都还依然强烈，真的特别感恩我的先生、我的家人对我的支持，不然就没有我可爱的女儿了。

（高龄生产，孩子的身体状况怎样？）孩子小的时候特别容易生病，抵抗力比较弱，感冒、发烧、拉肚子都是家常便饭。而且，就比如说拉肚子这件事，我和先生单是去医院化验宝宝的大便都不知道多少回了，医院的儿科医生现在都成为了我们家的朋友。其实新生儿有这些状况是很常见的，医生也经常宽慰我们，让我们放宽心，但每次孩子只要不舒服开始哭闹就会很担心。也许是因为年龄大些，怕孩子有什么意外，所以对她的这些反应都格外在意，一家人都花费了大量的时间和精力在孩子身上。

（孩子是自己照顾还是父母帮忙照顾的呢？）孩子基本上是我和先生一手带大的，父母年纪大了，能帮忙的地方也十分有限，有空的时候会帮我们做做饭什么的，但我们也不忍心让他们那么劳累。白天照料、晚上起夜，这都是特别耗时耗力的事情，我和先生轮班来做，但每个做妈妈的人都有体会，爸爸还是粗心很多，所以大部分还是我来料理，先生在旁边帮忙的状况。在高校，相比于其他单位，工作时间弹性比较大了，又基本不用坐班，已经是相对自由了，但我仍然觉得时间不够用，每天都有忙不完的事情，安顿好孩子躺到床上都觉得整个人轻飘飘的，踩在棉花上一样。生了孩子才能体会到做妈妈是多么不容易，真是不养儿不知父母恩啊，添了一个小生命我又多了很多新的人生体会和生命感悟，要学会感恩。

事业VS家庭：不可调和的矛盾

（*那你觉得生育孩子和自己的职业发展间的冲突大吗？*）当然大了，而且这种矛盾是不可调和的。照顾宝宝是一件特别耗时耗力的事情，至少三年时间，事业上基本不会有上升的可能。我休完了大概一学期的产假时，白天要上课，要料理学生，心里还牵挂着在家的宝宝。回家之后趁着孩子睡着了，还得开始备课，熬夜是家常便饭，整个人都很疲惫，甚至可以说是有些焦虑的。而且这还只是基础的教学任务，更加繁重的科研任务真的就有些顾不上了，真是心有余而力不足。有时候我想去图书馆看看书、写写论文，但是老觉得心里不踏实，担心宝宝在家里是哭了、闹了、不舒服了还是怎样，这可能就是做妈妈的心情吧，心疼孩子太小了。不仅整块的时间占用得多，零零散散的时间也花费得不少，总之，前几年的重心都在孩子身上，真是分身乏术，孩子就是“time killer”。我有个同事，情况和我差不多，但她更严重的是，要晚上靠药物来提神备课搞科研，时间久了，身体也垮了，最后还去住院了，也是挺让人心疼的。显然，一件事情有投入才会有产出，在学术上花的时间和心思少了，那能力又怎么会有提升呢？所以，学会平衡两者之间的关系是一件十分重要的事情，这方面我做得就不够好，把自已弄得很疲惫，这是我需要好好调整的地方。

生二孩是一件鸡肋事儿

（现在二孩政策全面放开，你有考虑再生一个孩子吗？）

目前来说，如果可控我是不打算生第二个宝宝的。无论是经济因素、社会压力还是对未知的恐惧，都让我对生二孩望而却步。

在大城市生活，养育两个孩子经济压力实在是有点大。现在生活成本、教育成本不断上升，我和先生一直主张尽可能给女儿提供最好的教育环境，创造好的条件让她成长，如果再生一个孩子实在是有些难以负担。算算育儿的巨大经济成本，就会让我们不得不再多考虑一下。我和先生都是工薪阶层，也都对生活质量有要求，不想因为多生一个孩子而降低我们目前的生活水平。

此外，生了二孩社会压力也会很大，我和老公现在就处于两夫妻养“四老一小”的状态。父母们年纪都大了，身体也都不是很好，钱只是一方面，更重要的是需要花很多时间去照料老人们的生活，让他们有一个相对舒适的晚年。所以，生第二个孩子，对我们而言，实在是属于“心有余而力不足”“想想就好”的鸡肋事儿一件。

最重要的是，高龄产妇对未知的恐惧是十分巨大的。我生第一个孩子的时候就一直担心她可能不健康，更何况现在的我已经37岁了呢？如果我知道生下来的宝宝一定是健康的、聪明的，我有可能尝试，但我实在没有信心去试，因为会害怕。虽然现在的医学技术已经相当发达，但这种概率事件，中了就是灭顶之灾，对一个家庭来说，这是巨大的痛苦。况且现在的社会压力如此之大，就算他是健康的，但是智力平平，需要我们花很多的精力去培养，面临以后的生存压力，这也是得不偿失的。

（*那你先生也赞同你的想法吗？*）对，我和我先生的意见比较一致。其实，另一半对于要不要二孩的态度往往和他的工作性质、工作压力、工作收入各个方面的状况是高度相关的。就我们家来说，我先生和我的看法基本是一致的。我们都想要过品质生活，在现有的工作收入和工作强度下，全心全意培养好一个孩子是我们的最佳选择，没必要把自己弄得太疲惫。但是，我先生单位的一些女同事，因为家庭条件比较好，政策一出台，就在计划要二孩，她们可以休两年左右的产假，有充足的时间让她们可以陪伴孩子成长。我们都知道，3岁前的孩子是最需要花费心力的，不仅要照顾他们的身体，还得陪他们玩儿，还得玩儿出花样，这样耗费的精力就会多很多。而且，她们不用考虑经济方面的问题，最担心的就是高龄产妇的孩子质量问题，因为风险还是有些大，虽然现在的医学技术已经比较发达了，但她们担心的还是比较多。

（*其他家人也是这样想的吗？比如父母。*）我们的父母还是希望我们能够再多生一个孩子的，因为觉得我女儿一个人也实在是有些孤单，况且现在政策出台了，身体也还可以生，最好还是再生一个。老一辈“儿女双全”“好事成双”的思想还是比较重的。他们有时候还会跟我女儿说：“让妈妈再给你生个弟弟好不好啊？”给她灌输一些这种思想。

（*那你是怎么应对父母想让你生二孩的这种状况呢？*）老人家嘛，有这样的想法也是很正常的，毕竟他们自己都有很多兄弟姐妹，很注重兄弟情义。但是，我们也有我们的为难之处，所以有效地避开找托词就好了，也不能为了这个惹老人家生气，毕竟年纪也大了。还好我先生的想法和我比较一致，要不然我真的有可能就孤立无援，被迫要生个二孩了。所以，这件事上，关键还是得看夫妻双方的意愿和态度。因为孩子还是得自己带，老一辈和我们的育儿观差太多了，这也是难以调和的矛盾，尽量协商就好。

一个宝宝已经是最好的礼物了

（*有和第一个孩子聊过关于二孩的问题吗？*）有时候开玩笑的时候会提起，其实我们家的孩子还是挺想有个弟弟或者妹妹做伴的，一个人毕竟是有些孤单的。她经常看一些文学作品，对姐妹情还是挺期盼。我记得带她去看《冰雪奇缘》时，她看到里面爱莎、安娜两姐妹很开心地团聚时，竟然有点想哭的样子，很激动地跟我说："妈妈，你给我也生一个妹妹吧。"我能感受到，她是不抗拒的。而且，她也4岁了，上幼儿园也有了新的小伙伴，她也渐渐能体会到陪伴、玩耍的乐趣，学会了和他人的交流与分享。现在4岁的小朋友都爱玩儿过家家的游戏，有一次我在厨房做饭，我女儿在客厅里把娃娃摆成了一排，取了各种名字，不一会儿，她就哭着跑过来对我说："妈妈，莉莉打我。"我问她："莉莉是谁？"她指着其中的一个娃娃说，那就是莉莉，惹得我哭笑不得。她一个人还是需要玩伴的，所以要是家里有个新的小生命她应该也是会开心的，接受度比较高，我们家的问题其实不在我女儿的身上。

（*出于为女儿的考虑你才不想要二孩的吗？*）某种程度上也是，因为我觉得第一个孩子已经是上天给我的最好的礼物了，我最近时常会因她不动声色的成长和变化而惊讶。每天睡觉之前，我都会给她讲故事，想让她睡得安心一点。我一直以为这就只是个讲故事的动作而已，直到有一天，我听到我女儿对着复读机在复述我给她讲过的故事，讲得绘声绘色、神采飞扬的。我才意识到，原来以为只是打发睡前时间来做的一件事，却锻炼了她的表达能力，这让我特别开心。而且，她的成长不仅是智力上的变化，情商也在发展。有一次我和我先生吵架了，我先生买了一束花，女儿兴冲冲地捧着花过来对我说："妈妈，你别生爸爸的气了，你看，爸爸都买花了，我们都好爱你的。"听了这番话，我真的是特别感慨，没有人刻意去教她说这些，但她就学会了。在我和先生相处的过程中，女儿学会了感受，这种潜移默化的影响真的让人感动。

说实在的，我不敢贪心再要第二个，不想因为精力上照顾不过来，而让第一个孩子有了受冷落的感觉。而且因为我第一胎是女儿，如果再给她生一个弟弟或者妹妹，我觉得她要照顾弟妹，以后的压力会很大，这样对她不太好。如果是哥哥妹妹的组合，我倒还愿意试一试，因为男孩子承担的多一些也是磨炼嘛。另一方面，我担心如果要了第二个孩子，事情一多，人一忙乱，就可能会经常心情不好，我特别担心自己冲孩子发脾气，毕竟她是这个家里最容易受到斥责的，我觉得这样对她特别不公平，我也会经常想一些这种问题。

做好规划，坦然应对

（*你认为高龄妈妈在教育孩子方面有哪些优势与不足呢？*）女人年纪大了要孩子，最显著的就是体力可能会有些跟不上，容易累，而且也没有年轻的时候生产恢复得快。以前我是比较苗条的，生了孩子体重起起伏伏，一直都不太能恢复过来，这也真是挺让人苦恼的。但是要说起优势的话，高龄妈妈一般来说会相对理性一些，考虑的问题也会更加全面、实际，对孩子未来的规划会更长远，毕竟年纪长一些，经历多一点，还是要成熟一点。这就像是找对象，年纪比较小的时候，最强调的是感觉，等过了28岁，年纪大了些的时候，找对象就会更看重物质层面的东西了。人在不同的年龄段就会有不同的想法，这确实是可以理解的不是吗？

（*你认为什么时候要孩子比较合适呢？*）不管女性处在什么阶段，未婚还是已婚，有了一个孩子或者想要二孩等，我觉得最重要的是要做好规划，不要丢失掉自己。如果到了适婚年龄还没有对象的话，最好把这件事稍微放在心上，争取有个适合的可以结婚的对象。如果确定以后要有孩子，各方面条件都允许的话，宜早不宜迟。我身边多是高校老师，结婚生育普遍比较晚，大家都或多或少在家庭与事业之间有着各种各样的困惑和难以调和的矛盾。早些生育在一定程度上会减轻这些问题，而且身体恢复起来也相对容易很多，和孩子之间的差距也不会太大。不然你看着自己一天一天地老去，终究会离开，而孩子的生命力却越发旺盛，朝气蓬勃，对你的依赖性也会越来越弱，你有时候会遗憾怎么就不能多陪她一段时间呢。

（**你对打算生二孩的妈妈有什么建议吗？**）对于打算要第二个宝宝的妈妈来说，一定要慎重考虑自身的经济条件和身体状况，不要盲目跟风或者被迫听从家人的意见压迫性的而要二孩，要考虑得全面一些。而且最好能和自己的先生做出一个大致的计划，包括孩子出生之后该如何分配家务和时间，如何照料两个孩子，都协商好之后再考虑会省心不少。最好不要让年迈的父母帮忙照看孩子，因为毕竟育儿观相差比较多，这样能有效减少家庭矛盾，这也是出于对孩子、对家庭、对自己负责任的态度。对于职业女性来说，一定要量力而行，能把一个孩子全心全意地养大已经很了不起了。

后记

一进入王娅的家门，我就被家里浓浓的温馨的生活气息所打动，一切布置都以孩子为中心，但又不失自己的格调与品位。我们从王娅的第一个孩子说起，谈及怀孕、生育、照顾宝宝的种种，王娅对于家庭与事业的纠结选择，与家人的机智斡旋……作为高龄妈妈的睿智和理性体现得淋漓尽致。对孩子未来的规划以及自己事业的追求，王娅都有着自己清晰的认识和想法。对生活品质的追求和对未知的恐惧是她放弃生二孩的最主要原因，论及现实的经济压力和社会压力，她心态挺好，显得很豁然。对自我价值的追求也是现代女性追求自我意识的一个体现。

在交流中，王娅也指出了，即便在只生一个的情况下，女性在职场上也会受到相当大的“性别歧视”，收入和晋升的机会在整体上劣于男性。二孩政策出台，如果在家人的压力下，生两个孩子成为标配，女性的职场之路将会更加艰难，自己做选择也显得很奢侈了。

那么，二孩政策与高知女性职业发展、家庭

关系处理上的诸多关联需要进行更多的思考，受到更全面的关注。若高知女性盲目跟风或在家人的压力下不情愿地生了二孩，这不仅对第一个孩子不公平，也是一种不负责任的表现。

高龄女博士赴美产子记

/文 虫/

题记：珍妮37岁那年，从媒体辞职，到南方一所高校攻读博士。读博期间，已经有一个9岁儿子的她意外怀孕了。在老公的鼓励下，她选择到美国的月子中心待产，在美国生下了一个可爱的女儿。回国后，她一边照顾两个孩子，一边继续攻读博士。就在珍妮照顾孩子和泡图书馆赶论文的间隙，我成功邀约她一起吃午饭，谈谈她赴美生子的故事。珍妮告诉我，她在美国遇到的形形色色中国女性，足够写一部历史。
（注：文中人物皆为化名，言论仅代表个人视角和观点。）

女博士和两个孩子的妈，角色可以兼顾吗？

（*为什么辞职去读博士？为什么读博士期间又选择去美国生二孩？*）是想做全职太太。可在家待了一段时间后，发现不跟外界接触实在太闷，整个人的焦点就放在孩子和老公身上，老冲他们发脾气，才开始考博士，考到了就读了。想看看以后有没有机会向高校转型。至于生二孩，之前我是没有特别意愿的，只是我老公特别想要。辞职后，开始刻意要孩子却一直没怀上，考上博士后却发现意外怀孕。因为不符合计划生育政策，又怕影响毕业后进高校，怀孕之后我还苦恼了好久。去美国生孩子的主意是我老公提出来的，他在外企工作过，现在和朋友合伙开公司，他不少朋友的妻子是去美国生的。

（你觉得当女博士走学术这条路，和当两个孩子的妈妈的角色能兼顾吗？读博期间生孩子，虽然导师比较宽容，但就一个娃，都势必会拖慢整个毕业和做科研的进程。当妈妈的角色和做科研的两难角色，除了权衡还是权衡，势必有所牺牲啊。）现在的社会现实就是，越是受到良好教育的女性在生育上越处于劣势。我怀孕后有很长一段时间不敢跟导师讲。其实，这个事情跟导师没关系。可是，还是有很多女同学会担心。求学期间生孩子会耽误学业，毕业后生孩子耽误科研工作，再拖延就过了生育的黄金年龄。反正任何时间生孩子都不是最佳时机。听说，还有的高校跟女博士、女博士后们约定，在校科研期间不可以生孩子。想想看，不是应该鼓励这些人培养更多的后代吗？一个有思想有远见的母亲从小把关孩子们的教育，未来我们的人口红利才更容易实现吧？以现在的状况来看，养育两个孩子和搞好科研想要兼顾真的好难。跟爸爸们不一样，孩子对母亲而言肯定是第一位的，没有办法的情况下，只能牺牲自己的学业、事业。现在幸亏家里有亲戚加上保姆帮忙照顾小女儿和打理家务，我每天上午10点出门，下午4点回家接手照顾两个孩子，相对还算可以有一点时间可以自由支配，做点研究工作，写写论文。可能孩子大一些，有了自理能力之后，我们才能喘口气。可能，那时我们才能迎来事业的黄金期吧。这对知识更新换代迅速的理工科的女博士可能更难。现在国内高校对研究人员的各种年龄限制也带来很大压力。这有科研考核体制本身的问题，也很考验我们自己的心态，如果能允许自己慢下来，兼顾并非不可能。

（我也认同。荷兰有位叫奥塞福尔特的女演员兼探险爱好者，在38岁当了妈妈之后，又重拾少女旧梦，开着拖拉机一路去到了南极。记者问她为什么会想着开拖拉机去，她回答得很好，说一个38岁的女人实现梦想的过程就是这样，脚步很慢，但一点一点在往前。当代中国的“女汉子”们实现梦想的脚步要更艰难些，女博士变“灭绝师太”，遭受的隐性歧视也更多些，但我相信游戏规则会变得更人性化。）

赴美产子“产业化”

（说说你赴美产子的过程吧，操作起来复杂吗？）已经非常“产业化”了，跟移民一样，可以提供一整套的服务，不少中介在网上接单提供服务。我一个朋友介绍了在南方一家口碑不错的中介。女老板自己就是赴美生二孩的香港女人，回来后觉得是门不错的生意，就在内地开始做生意，通过网上接单，现在生意已经做得很大，经常在内地好多城市开宣讲会。根据你需要的服务、待产地方的差异、在月子中心待的时间的长短，有不同价位的“套餐”。落地之后的产检、生产多是与月子中心合作的台湾医生开的私人医院，月子餐也多是台湾风味。孩子出生后的一切手续也有代理服务。我是怀孕六个月左右去美国的，到坐完月子回国，全程下来花了12万，算是比较节约的。

（*这在美国会不会被查？*）有些城市入境海关查得比较严格，像是洛杉矶。我当时是全家旅行的方式，一家三口利用暑假，先到纽约，再一路向南，玩了一大圈才到洛杉矶。我老公也经常飞美国，过关方面就很顺利。电影《当北京遇上西雅图》里，开篇那和被查的黑月子中心也有，但我住的那间就还好。为了节省费用，我有几个月蹭住在美国的同学、朋友家，到了临产前一个月才去住的月子中心。

（*你之所以选择美国，是为了将来移民方便吗？*）我倒是没想移民，主要还是为了以后在国内就业考虑，怕一些体制内单位在计划生育方面会有限制。我们没有打算让孩子成年以前接受美国教育，将来等女儿18岁，会让她自己选择国籍。但在月子中心的不少产妇确实是抱着移民想法去的。“逃避中国计划生育政策”，是现在很多国内赴美生产女性在美国居留下来，填写的移民理由。但是，随着国内计划生育政策方向的改变，这个理由估计以后也就不成立了。

（**去月子中心生孩子的都是些什么样的女性？**）像我这样的高学历博士还真是极少数。这次去美国接触到形形色色的中国产妇，多数是年轻漂亮的女孩。个人感觉，总体上，北京、上海去的有钱人很多，基本上都是抱着将来移民方便考虑去的。广州的产妇不算有钱，多数是为了生二孩、三孩，要儿子而去的，相对还高龄一些。也有不少东北产妇，她们最能吃苦。有些产妇全程有老公、家人陪伴左右，呵护备至；有些产妇自始至终一个人，生完就带着孩子消失了。也有不少是情妇，跟了有钱人，出来为他们“添丁”。

中国知识女性在美国

（**你的那些女同学都是当年毕业后留学出国的吧？你们这些高材生在美国的生活状况怎么样？**）也是一言难尽。这次去看望了三个大学时代的女同学。当时都是班上才貌拔尖的人物。一位在高校里教书，另一位在硅谷上班，另一位当全职太太。她们的状态挺让人深思的。

因为儿子要开学，我老公就先行带他回国了。而怀孕七个多月的我暂时住在那个在高校教书的同学洁家里。洁在大学时代就是非常上进的女孩，去美国以后认识了在美国读博士的老公。两人婚后，各自在高校科研机构里工作，经常忙到凌晨才回家。他们俩口子要孩子非常晚，生了两个女儿。小女儿贝妮的手有先天性的缺陷。第一次见面，她就提醒我们：贝妮有双非常特别又美丽的手，怕我们会不小心伤害了孩子的自尊心。作为吃货的我，简直不能忍受洁家的饭菜。什么都是微波炉里“完美一叮”。夫妻俩晚上做晚餐，顺便就把第二天的早午饭一起准备了。平时除了科研还是科研，生活很单调。房子很大，院子也特别大，但是杂草丛生，根本没时间打理。洁说她从来不去花园里，没有时间。相比之下，这对夫妻的生活状态是同学里最“正常”的了。

在硅谷的另一个同学仪，目前成了单亲妈妈。老公出轨，离婚后她一个人一边在硅谷工作，一边抚养女儿。我在仪家里也住了一段时间。因为我的厨艺不错，又不好意思白吃白住，就帮她照顾一下家里和孩子。离婚后，她也想过再婚，也尝试通过交友网络认识过一些单身男人。在美国期间，我还陪她跑去西雅图相亲，结果发现对方只是想约会而已。因为长期在单亲环境里长大，妈妈又太忙，仪5岁的女儿看起来非常缺乏母爱和父爱，非常慌张敏感。在仪家时，小姑娘对我这个“临时保姆”产生了依赖，先是怄气般地指使我干活，又总来找我聊天，后来就老黏着我。有一天，小姑娘的爸爸来看她，大家一起去海边，我和她爸爸一起拉着她的左右手在沙滩上跑。小姑娘从来没那么兴奋过，开心极了。孩子要的幸福其实真的好简单。

我的美国之行探访的最后一位同学惠，是全职太太，住在市郊一处童话般的森林边上。出了别墅的门就是特别美丽的森林，环境清幽迷人。但是，惠却患上了精神分裂症。刚到的时候，一切看起来特别正常，她和在科研单位工作的丈夫把房间收拾得干干净净、礼貌周到地迎接我们。但住下来以后，我就越来越觉得不对劲。表面上是非常体面的中产家庭，后来却发现家里饮水机出水口都被猫毛堵住了。这个家庭只是维持着表面上的和谐，没有真正的生活气息。更让我觉得害怕的是，跟惠到森林里散步，走着走着，她开始给我讲她喜欢上一个网友，这个人曾经是她国内的同学，开始还挺正常，后来故事就开始变得荒诞起来。说什么两个人不能在一起，她却不时能收到这位男同学留给她的信息。这些爱的信息不时会出现在惠所经过的超市里、邮局里。别人都说自己疯了，可自己知道自己没疯云云。走在越来越阴暗的森林里，我不禁感到头皮发麻。赶紧拉着惠往回走，直到见到她在阳光下玩的老公和孩子，心里才松了口气。后来，惠的先生告诉我们，医生说惠有精神分裂的问题，正在治疗中，已经有很长时间不能正常工作了。

（不知道说什么好，越高知的女性越难幸福吗？能吃能睡的普通小女人才幸福？）可能是我们这些读书多的女性想得更多、更容易钻牛角尖的缘故吧。要像我在美国遇到的那些东北姑娘那么粗生粗养，随处可以厚着脸皮风风火火地扎根生活就好了。

在美国的东北女人

（哈，东北女人在美国形成了独特的“族群”类型吗？近年重工业制造业低迷，东北就业环境不好，人口外流的情况挺突出的，有不少选择出国谋生的。会不会跟祖辈们的移民性情有关？）主要是能吃苦吧。我从小生活在西北的一处矿区。矿区也多移民，大家各自为营，流动性也强，而且以能离开矿区在外谋生为荣，不管你在外面干什么，能挣到钱就是赢家。某些方面，我在美国遇到的东北女人也有类似的性情，好像没有吃不了的苦，没有去不到的地方。印象最深刻的，是在月子中心同屋的东北女孩小黛。小黛一个人进月子中心，一个人办各种手续，刚到的第一天就跟月子中心的老板娘火爆地吵了一架，认为花钱买到的服务很一般。

聊天时才知道，孩子的亲生爸爸是她在上海打工时认识的，有家室、没离婚。为了要儿子，孩子他爸掏钱送小黛赴美产子。

小黛也没打算让这个男人给自己扶正。她说她出来就没想着再回去。孩子顺产出来，她才给孩子爸爸打了电话，约好了来接孩子回国的时间。月子没坐完，她就因为伙食问题跟老板又闹了一场。按理说月子中心的伙食应该还不错，厨房里干活做饭的也是东北女人。月子餐按照台湾的食谱来，只不过做出来加入了一些东北乱炖的风格而已。但火辣的小黛硬是争取到了退款，提前搬离了月子中心。而且，迅速地跟月子中心附近住的一个男人熟络了起来。那个男人也想做月子中心的生意，她的孩子被接走后就住进了那个人的家，俩人开始一起折腾起赴美生子的生意来。

我们生孩子的月子中心在洛杉矶郊外。日常生活久了，就像一只摊开的煎饼般荒芜无趣。但凡对生活有点情趣需求的产妇们，待久了都觉得沉闷无聊。在生产前后，大家打发时间的一个方式是去附近的奢侈品店购物，每天大包小包地往回买。小黛却是非常有头脑的一个，钱都省下来留做后面生意的启动金了。而且，在这片荒漠里，只有她觉得一点都不枯燥，而是充满了新机遇。她毫不犹豫地选择在生产之后留在美国。这也是让我对东北女性另眼相看的地方。

（**千里迢迢赴美生子，会不会太拿母亲和孩子的生命冒风险了？**）是有风险的。在我生产以后不久，好像就有一位北京去的高龄二孩产妇大出血死亡。当时，大家还就那件事议论了好久。

好像是产妇自己坚持要顺产，好不容易宝宝顺利出生了。她也从产床上抬了下来，推回了自己的房间。可就在这时候发生了大出血，再推回去急救已经来不及了。从医疗资质上，无论找台湾医生还是美国医生，水平、服务还是可以的。但产妇自己的身体条件，也要认真衡量才行。现在把女儿抱在怀里，回想美国生娃的这一路，还真是憨胆大真后怕。生孩子本身对女人就是一脚在鬼门里，一脚在鬼门外。作为过来人，我仍然奉劝大家要审慎。

该怎么教育一个“美国孩子”？

（*有没有想过怎么教育你家的“美国妞”？*）没特别有过区分的想法。跟儿子一样吧。在中国生活，当然仍然是吃中国饭，说中国话，过中国生活。好像在18岁之前，在国内读书上学似乎要比哥哥会贵一些。是上私立学校还是上国际学校好，现在孩子还小，还没有很清晰的打算。18岁以后，要她自己选择吧。如果她选择当美国人，去美国读大学，可能学费会便宜些。至于她能否认同自己的美国人身份，就是另外一回事了。

（*有了第二个孩子，在教养上心态会不会有些变化？*）有变化。大儿子出生以后，太把他当成生活焦点了。各种玩具、图书买得太多了。后来发现，玩具、图书过于丰富，对他上学以后注意力的培养并不好。什么都知道一些，什么都学一些，但总是不够精。太丰富的物质、供给都会分散孩子的注意力，也影响他的想象力。现在女儿出生以后，不会再不停地买买买了，尽可能玩哥哥剩下来的玩具，看哥哥留下来的书。我发现，幼年的小孩子喜欢的其实是不断地重复。给他们一些少量的精品，妈妈经常不厌其烦地为他们重复阅读，对培养他们的阅读兴趣、学着自己读书很重要。

（**哥哥对妹妹的态度怎么样？会嫉妒吗？**）简直亲得不得了。在没有怀上妹妹之前，儿子经常睡前在床上祈祷我能为他生一个妹妹。生了妹妹，全家除了老公，最高兴的就是儿子了。他是个非常温柔体贴的孩子，对妹妹百般呵护，妹妹怎么抓他挠他都可以忍受，这也是让我非常欣慰的地方。周末一家四口出去晒太阳，感觉真的很幸福。

（**现在国内生育政策在变化，会不会后悔花了这十几万？**）对于那些想给自己留下移民机会的人而言，十几万可能是划算。身在此山中，我现在也不知道该怎么看这件事。只是走了一趟美国之后，才知道自己并不喜欢美国，也不想当美国人。中国的日子才是真正贴心舒服的日子。听说二孩要放开，我老公晚上开玩笑问我，要不要再生一个，可能也不违反政策哦。

（**谈活着的意义会不会太哲学？**）好像听过一个说法，说生命的意义在于培育宇宙继起之生命。快要40岁才明白这个道理，应该不晚，因为我妈妈就是42岁才生的我这个小老幺的。

（**如果现在让你再选一次，你会去美国生吗？**）我会选中国。

后记

随着赴美生子火热，“锚孩子”（anchor baby）的说法开始流行起来。查了一些资料，据称，“锚孩子”特指非法移民在美国所生的孩子，意指孩子在美国生下来，像一条风雨飘摇的船，一定要把锚抛下后才能平稳靠岸。根据1868年颁布的美国宪法第14条修正法案规定：只要出生在美国的婴儿，可以自动成为美国公民。所以得不到美国国籍的外国公民就偷渡到美国，通过这种方式来让孩子获得美国国籍。近年来，关于美国“锚孩子”的现象一直争议不断，美国总统奥巴马也承认，非法移民是一个亟待解决的问题。

赴美生子并不像看起来那么美。“给我10万，还你一个价值980万的宝宝”是不少掮客们招揽客户时的口号。但要在算账之余，想想母亲和孩子生命本身的价值。万一发生医疗纠纷，产妇家属在美国的维权是非常困难的。看似奢华，服务中产、富豪的月子中心，实际上是充满凶险的冒险之旅。孩子出生之后，主要面临的是受教育的问题。听闻有些在一线城市漂着的中产阶层选择赴美生子的原因，主要是为了让孩子拿美国护照顺利进入国际学校，因为没有取得一线城市的户口，没办法入读公立学校，私立学校除了贵，教育质量也不好，只能走上辗转的海外生子之路。

当美国公民，已经没看上去的那么美好了。“美国乞丐也小资”实际上是充满对异国美好想象的错误观点。美国的社会福利体系确实一向以完善著称，不仅仅是在医疗、经济救济等方面，还包括粮食、住房、取暖、孕妇及孩子保健、老人生活护理等等方面。但如果你仅仅依靠这些福利制度来生活，在美国会相当艰难。重要的是仅仅依靠社会福利来生活，必然无法使你的孩子在美国受到你所期望的教育，从孩子成长的整个环境来说，距离许多父母所希望给予孩子的“更好的起跑点”可能相差甚远。

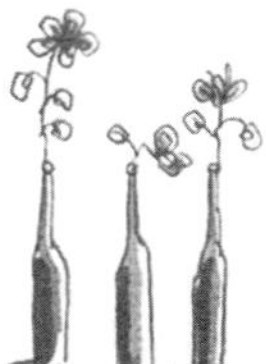

我生二宝，我做主

／钟晓慧／

题记：徐卿（化名），女，35岁，有一个4岁女儿，国企总经理秘书。二孩政策全面放开，我们在天河一家西餐厅做了这次深入交谈。

怕我爸撑不到见外孙

（二宝是有计划的，还是意外怀上的？）我结婚一年多就怀孕了。我爸爸2009年发现患了鼻咽癌。癌症分五期，他的病处于第四和第五期之间，已经是晚期了。我怕我爸爸万一熬不住就见不到外孙了，所以很想圆他心愿尽快生个孩子，想怀就怀上了。我先生也没意见，他其实属于不一定要生孩子的类型。他有个哥哥也有个弟弟，哥哥生了两个儿子，他们家已经有后了。再加上我先生比较贪玩，也比较自我为中心，他会考虑自己多一些。现在女儿大了，会好点，会想到回家陪女儿，不会顾着应酬，自己出去玩。（**有担心影响自己的工作吗？**）我那会儿已经工作五年了，当时没有太考虑自己，主要是考虑我爸爸。况且，哪怕生了孩子，也是一个家庭生活。所谓二人世界和有孩子相比，只是多一个人。别人也许会觉得，家庭生活是一个完全不同的天地。其实不是的，带着小朋友去玩，也会玩得很开心，促进夫妻两人的感情融合。如果不想要孩子，为什么要结婚呢？不要孩子的话，结婚和谈恋爱不会有很大区别，只是两家人称呼不同而已。有了孩子才是一个完整的婚姻。

我女儿出生的时候，我们两口子住在公司宿舍，租金很低，才1070块。谁知道没多久，租金提到市场价水平，要4500块。你说我还会不会租？女儿刚出生，各项花销都挺大的，每个月要买尿片、买奶粉。我老公当时经常要出差，加上自己买衣服，每个月要花掉3000多块。我妈妈就提议，不如回家住吧，家里有三间房。我也考虑过再另外租房，可是好一点的房子租金起码要3000块。而且，我爸妈帮我带孩子，搬回去也方便爸妈照顾孩子。所以女儿七个月大的时候，我和我先生就搬回去跟爸妈一起住，一住就住到现在。

（**带着先生搬回父母家一起住，有顾虑吗？**）肯定会有。坦白说，那时候我爸妈跟我先生的关系不算非常融洽。所以我一直觉得最理想的居住方式是，两家住得近，但是不要住在一起。毕竟“相见好，同住难”，更何况他们本来关系就不怎么融洽。单位宿舍离爸妈家也就一站路。但是我爸妈说，没必要浪费钱，先回来住着，不行再搬出去住。但是住下之后，我爸妈和我老公的关系变好了，可能生了女儿之后他自己也有些转变。（**你先生没反对吗？**）结婚的时候，我爸妈也提议大家一起住，当时他是反对的，所以才租房。不过这次他觉得无所谓，他经常要出差不在广州，觉得回家住的日子不多。

育儿中的模糊父亲

（**女儿出生后，谁来带？**）我休了五个月的产假，白天在家带孩子。我上班之后，老公大概有两个月没怎么出差，换成他在家带孩子。他是做销售的，平时外出见见客户，不需要坐班，只要能及时上网回邮件就可以。中间有一个月，我爸妈过来帮带孩子，等我们下班，他们就回家。搬回家住之后，应该是我爸妈主力带孩子，日常教育还是我爸妈教得多一些。女儿上幼儿园之前，基本是爸妈带。白天他们带，晚上我们带。偶尔晚上女儿要去兴趣班，他们也会送她去。我女儿2岁2个月上幼儿园，刚开始一去幼儿园就哭，基本外婆接送。到3岁，习惯之后就不怎么哭了。我负责早上送，外婆或者外公下午接回家。3岁半开始读兴趣班，也是晚上婆婆送去，下课我去接。

（*似乎你先生参与得较少？*）他也有改变。女儿还小的时候，他的确很少顾及，但是女儿差不多2岁的时候，开始学走路、学讲话，他的应酬少了，在家的时间比原来多了很多，也帮着带孩子，不会再经常跟朋友出去吃饭。（*什么原因让他改变了呢？*）可能是女儿开始变得好玩，这对我老公来说有很大的吸引力。他没什么耐性，到现在也是如此。女儿小的时候，他抱着她玩10分钟就没耐性了，自己很想去上网。他会想个法子弄哭女儿——捏女儿，女儿就会哭，这样就把女儿丢给其他人。他现在基本上不会，可以一个人带着女儿一整天。因为小朋友2岁开始会懂得跟你玩，也会主动找你玩。他就会觉得多了一个玩具，他现在与女儿相处不是像爸爸跟女儿，而是像哥哥跟妹妹，特意弄哭你，然后大笑跑开。

他平时教孩子不是很多。除了养孩子以外，他会带女儿去玩些我们肯定不会让她去玩的东西。我女儿喜欢爬高，我会说不行、不许去。但是我老公不出声，会在旁边扶着。女儿跟小朋友抢东西或者发生争执，我会制止，怕女儿受伤，我老公会鼓励女儿去抢，说这是训练胆量。始终爸爸会比妈妈大胆，有些事情更放得开。

（像孩子去哪个幼儿园、上不上兴趣班，谁来决定呢？）我决定！我熟悉广州。我老公觉得小朋友去哪一家幼儿园都无所谓，都是玩而已。但是，我始终认为能够去好的幼儿园，就一定去好的幼儿园，得去像××幼这些省直机关幼儿园——财政拨款多、老师负责任、活动地方大、活动设施多。有许多小朋友和她一起玩，对小朋友吃的东西也可以很放心。我女儿一开始在家楼下的私立幼儿园，一直哭，后来转到××幼，当天下午就说她很喜欢这家幼儿园。慢慢下来，我老公也说这个挺好的。我爸妈也觉得能够去公立，就一定要想办法去公立，要给小朋友最好的。

我是家里的经济支柱

孩子的花销由我和我老公负责，以我为主。我是我们家经济支柱，我的工资比他高两倍。平时的花销主要是他给，年底家里出去旅游、女儿兴趣班费用这些大笔开销就我来交。其实平摊下来，两个人给得都差不多。家里我管钱，决定分配。我拿着我老公的工资卡，他一发工资，钱就自动转到我这里。每个月我先给他1000块，不够用我再给他钱。他公司基本上全部帮报销，他花不了多少钱。因为我比他懂得投资，而他手里有钱很可能跟朋友吃吃喝喝就用光了。他说与其这样，不如全部交给我管。（你拿

到钱以后，怎么用呢？）先存钱，存钱给自己家，也给我女儿存一部分。我从怀孕开始每个月给她存1000块，存三年期，打算存到她大学毕业。另一部分拿去投股票、基金和P2P。剩下的就拿去花。女儿现在4岁，让我想想……前后差不多花了30万吧。

我爸妈基本没给过我们钱，但是我妈给我女儿买了一份9万的保险，分三年付清。会有些分红，也保一部分重疾。我还给她买了其他保险，像意外、分红和重疾这类。（**你先生的爸妈有支持吗？**）从女儿出生到现在，只给了2万。很多广州家庭，要么爷爷奶奶带孩子，如果是外公外婆带，爷爷奶奶逢年过节都会给点钱，但我们家不是这样的。说句心里话，我肯定有想法。你们不帮忙带孩子，好歹也给点钱吧！至少每个月1000，一年1万左右吧。是不是很现实？我老公的大哥大嫂，很久没工作，待在家啃老，我们没啃过。我不知道我公公婆婆怎么想的，说到底，我女儿跟他们家姓，不是跟我爸妈姓的。

（**因为是女孩的原因？**）不清楚。我公公其实很疼这个孙女，我女儿是他们家五代唯一一个女孙。他自己在乡下种花生、玉米，收成之后剥壳，30斤花生仁寄过来给我女儿。他两个孙子都没享受过，也算很有心。我老公觉得他爸妈这样对女儿已经算是很不错了，他很满足的。不过，每逢元旦、春节、端午、国庆、中秋、冬至这些大的日子，我都会给1000到2000块给两个老人，每年给1.1万。我老公说中秋和过年给就可以了，但是无论如何我都叫他们一声爸妈，是我的长辈，即便没带过我女儿，也带过我老公。我们回家跟爸妈住，每个月交5000伙食费。以前不跟他们住的时候，我也给2000，回家吃回家住给5000。我还帮我爸妈炒股赚钱，我帮他们投资。银行账户是他们的，我拿不到钱，收成都是他们的。

全职保姆是靠不住的

（*回家住了几年，有想过买房吗？*）一直有。跟我爸妈一起住，虽然可以互相照顾，但始终不是很方便。有时候晚睡追剧，老爸肯定会数落几句。有些事情也不是很方便……不能讲得很明白，你懂的。而且，女儿长大了，房子就显小。早上争厕所特别明显，只有一个厕所，女儿现在不用痰盂，懂得去厕所大小便之后就更明显。（*为什么没买呢？*）担心分开住会折腾我爸妈，始终还需要他们照顾我女儿。

我也想过分开住后自己请保姆，但我爸妈反对将孩子扔给全职保姆，觉得很危险。身边有朋友请过全职保姆带女儿，他试过上班时间悄悄回家，发现家里没人，保姆在小区跟老乡打羽毛球，他女儿在远处和小朋友玩，没有人看着。我爸妈听了这个故事更加不放心请全职保姆。（*你自己怎么想呢？*）我和老公觉得可以请保姆帮忙，但还是得以家里人带为主。我们也不放心保姆，可也不想爸妈这么辛苦。（完全交给长辈带呢？）也不行。我做不到搬开住，将女儿完全交给我爸妈。白天他们带，晚上我们带，这样比较好。（你老公也放心交给你爸妈？）是的。他觉得我爸妈既然可以把我教得好，教育小朋友肯定没问题。他反而不希望交给他爸妈带，怕会变成他大哥儿子那样。

虽然想买房子，可是楼价太贵了，我爸妈附近的楼价全部都要四五万一平方米，100多平方米就500多万。（买远点呢？）买远点就没有×××小学的学位，如果要省一级小学的学位又要××区的师资，楼价基本这样。租房每月4500的租金，一年也才4万多块钱，100多平方米可以租100多年。如果我拿这笔钱去投资，每年收益可能可以租套房子，有什么必要这样花钱呢？两家住得近方便照顾爸妈，万一出什么事，可以随时照应。我老公也一直不赞成买房，觉得租房更划算。他觉得产权只有70年，留给女儿又要交遗产税，挺亏的。

今年初要开征房产税，我也彻底打消了买房的念头，没必要再让它赚多一笔。我爸妈和我的想法一样，如果有这么大笔钱还不如去投资，利息用来租房，只要租在他们附近，我爸妈没意见。我老公和我妈关系现在改善了许多。以前关系不好的时候，我老公在家里不怎么说话，回家也不叫人，关上门自己躲进房间。现在看到我妈在忙，会主动帮忙，还是有改变的。

我不希望女儿成孤儿

单独二孩政策放开后，我想再生一个。我不希望我和我老公死了之后，我女儿想找人商量事情都找不到。我们这些独生子女，等我爸妈百年老去之后，我就真的成孤儿。但是如果我有个兄弟姐妹，就有个跟我有血缘关系的人，万事皆可商量。当年如果没有独生子女政策，我也希望我爸妈多生一个。很多事情是没办法跟爸妈开口说的。比方说，爸妈帮你带小孩，有时候你会觉得“这事其实处理得不好，不应该这样做”。可是这些想法不能跟爸妈说，爸妈只要说一句“那你自己带呗”，这就糟糕了。如果有兄弟姐妹，可以跟他们吐吐槽，抱怨完也就没事了，生活照旧，大家相安无事。

另外，我女儿也强烈要求。她以前强烈要求要一个哥哥，现在改口说要一个妹妹。小朋友都喜欢跟哥哥姐姐玩，她有个表姐，但是表姐会跟她抢玩具，女孩儿喜欢的玩具很相似。男孩玩得不一样，不会跟她抢玩具，而且我们经常跟她说哥哥会让着妹妹。所以她就觉得哥哥不跟我抢玩具，也让着我，万一有小朋友抢我的玩具，哥哥还可以帮我打他。

不过，自从女儿开始喜欢玩娃娃之后，就改口要妹妹了。她的表弟表妹开始来找她玩，而且我们给她买了娃娃，这些娃娃都是女孩儿模样，可以帮它穿衣服、盖被子、喂奶。她就觉得妹妹很好玩，是可以拿来玩的。（*那弟弟呢？*）她说不要弟弟，因为表弟跟她抢玩具。但是她跟表妹玩，就可以欺负妹妹，玩具掉地上了，就让妹妹去捡。所以她希望有个妹妹，我们没空的时候妹妹可以陪她玩。我们跟她玩，不一定按照她的意志来玩，我们会要求她先做完这个、做完那个才陪她玩，她就玩得不自由。但是妹妹不会反对她，她想怎样就怎样。“想要妹妹”这个想法其实也是她一种自主、自我意识的表现。

（*应该让孩子参与讨论吗？*）不是应不应该，他们一定会参与进来，很难不让她参与。我女儿班上很多妈妈正在怀孕或者刚刚生了二宝，小朋友回到家肯定先趴在妈妈肚子上，跟肚里的宝宝聊天。小朋友在这个年龄段，对一个比他们更小的小朋友，会有一种天然的好感和好奇。我同学的女儿今年10岁，小儿子5个月大。女儿放学一回家就帮弟弟换尿片、冲奶粉、做运动。小朋友很主动，不是为了帮妈妈忙，而是觉得这些事情很有趣，像玩游戏一样。

让孩子参与二宝的成长，我相信正面影响更大。他们可能会怕爸爸妈妈被抢走，也不是有意识地去见证一个生命的成长，可是他们参与其中，能够从小培养善待生命、善待小动物的观念。

而且，小朋友对弟弟妹妹有期待、期望有个玩伴，最好也利用这个时机生二宝。

别把兄弟姐妹想得太美好

但是，我先生觉得没必要再生一个孩子。他认为小朋友如果好，生一个就够了。再生一个孩子，等于至少再花四年时间带这个孩子，所有事情又要重来一遍，他担心人生最美好的八年都用来带孩子了。另外，他也担心再生一个会影响女儿的生活质量。我们现在带女儿出去玩，坐飞机坐头等舱，住酒店住五星级。如果再生一个，花销会大很多。我女儿出生时，奶粉200块一罐，现在初生婴儿奶粉400块一罐，贵了一倍。月嫂当初6000块一个月，现在1.2万，有些甚至1.8万。二宝身上花费多了，可以花在女儿身上的钱就减少，没有必要降低她的享受水平。

我老公说我把兄弟姐妹想得太美好，当我有兄弟姐妹的时候，就不会这么想了。我老公三兄弟从小争到大，而且他大哥大嫂没工作，在家啃老啃了很多年，他自己不必多说，每年才回家看爸妈三四次，还是出差才顺路回去的。弟弟结婚10多年也没生孩子，弟妹是小学老师，平时在家吃斋念佛，寒暑假去五台山辟谷，弟弟背着背包浪迹天涯四处走。我老公问我："如果再生一个像他家三兄弟这样，你开不开心，你爸妈开不开心？"所以，他觉得生不见得是好事，不生也不见得是坏事；再生一个也不一定是好事，只生一个也不一定是坏事。有一个在手就够了。

我们俩看法不一样。所以变得我一直想再生一个，我老公不太愿意。可是我觉得多生一个小朋友，不一定为大人，更多是为了小朋友。小朋友都有点自私，无论你怎么教她分享，小朋友尤其独生子女肯定首先想着自己。如果多生一个，大宝小的时候可能会不喜欢，但是多一个人陪她共同成长、一起玩，对人格的完整有好处。

我婆婆也催我生一个。她希望我生一个儿子，虽然她已经有两个孙子，但是我老公没有儿子。她完全是从他们家开枝散叶的角度考虑。我爸妈反复劝我想清楚。他们也认为如果这个女儿够好，一个就够了。他们很害怕再生一个，万一生了儿子，都说“儿子像爸爸”，如果像我老公这样不恋家又反叛，会弄得父母很伤脑筋，又不能把他塞回肚子里。我妈明确表示，如果再生一个，她不会像带我女儿一样带二宝，一定要请保姆，最多帮忙照应。他们年纪大了，精力比不上以前，而且，带孩子什么自由都没有。她现在星期一到星期五都安排了节目。我爸是宅男，只要每天让他去公园溜达一下，就很满足了，不过他总是说带孙子不能放假。如果生二孩就一定请保姆了，只是请全职还是请钟点阿姨的区别，这是没办法的。

生二孩真的会传染吗?

家里还没决定好，二孩就全面放开了。我是打算生的，如果政策允许我想生。既然全面放开，那就是机会，没有必要不生。可是，我爸妈还是认为需要慎重，他们比较保守，劝我考虑清楚。他们反复说，“他们肯定不带二宝”，现在又加多了一条意见“你想生就生吧”。我老公不是很赞成，但是看我这么想生，他的意见是“怀上了就生吧”，所以我们现在没做避孕措施。

之前我叫他一起去医院做优生优育检查，他嘴上答应可是又推说没时间。现在他会真的跟我一起去做检查。另外，他自己经常又抽烟又喝酒，身体不算很好，现在会有意识地补补身子。上一次怀孕是他从内蒙古出差回来之后怀上的，他在内蒙古不停吃羊肉，羊肉温补，所以这次他说要继续保持吃羊肉，吃好一点。（什么原因让他改变呢？）因为大势所趋，大家都想生二孩。他在医院看到那些刚出生的婴儿真的好可爱，我猜他想起女儿小时候的样子，可能有点心动吧。他身边很多朋友，只要年龄允许的基本上都生了二孩。有些是单独二孩政策放开的时候生了，有些是违规生的。

（他顾虑的问题打算怎么解决呢？）俗话说“船到桥头自然直”，孩子生下来肯定有办法养的。不要上那么多淘宝，出去玩不住五星级酒店，坐飞机不坐头等、抢特价机票。所以第二个一定要生女儿，女儿穿过的衣服、用过的其他东西，可以循环再用。万一生了男孩儿，儿子本来就是要穷养的，对不对？“生女儿要富养，生儿子要穷养”。除了吃的要好以外，衣服什么的可以差一些，以前在友谊商店买衣服，以后就去华润万家买。

我老公正在找第二份工作。他目前这份工作再往上升，基本上都是外籍人士或者外籍华人，他觉得自己没有什么上升空间了。而且，这两年经济状况不太理想，他们公司决定搬到东南亚，中国区会大幅度裁员，不再留人。所以他在找后路，至少要保持现在的收入水平。打算生二孩之后，找工作会更急迫一些，他已经找了两家公司，不过有一家已经回绝了。

今年经济环境不好，我们公司都没什么业务，也暂停了上市计划，工作比较清闲。一旦重启上市，无论事前筹备，还是之后应对，各项工作很多，也会很忙。所以我不想公司这么快上市，也希望快点怀上孩子生下来。唉，其实比较矛盾。如果公司继续暂停上市，对我们的收入会有影响。如果上市成功，收入会有比较大的提高，可是就会很忙。忙到不仅没时间照顾二宝，可能连照顾大宝都很勉强。但是，我肯定不会因为生二孩辞掉工作的，我是家里的经济支柱啊，如果这家公司不倒闭，我打算赖到退休。

我老公说他负责全力带大宝，我全力带二宝。话是这么说，到时候是不是真的带，女儿肯不肯跟他是另一回事。女儿小的时候他也曾经一个人带过，也算是有经验吧。爸妈已经明确表示不会带，如果想生就去请保姆，他们顶多在旁边照应。必须得请保姆，可是肯定也会连累到他们，肯定会辛苦，没有办法。所以说整件事最不好的地方就是生二孩没有任何优惠政策。

（*哪方面优惠？*）首先是医院床位，然后是入托、入学政策。现在同一个户口两个小朋友入学必须相差五年，否则第二个孩子就没法入学。还有税收，不应该再以个人为征收单位，而是应该以家庭为征收单位，有两个小朋友的家庭应该有税收优惠。不过这些国家大政方针，我们也做不了主。

高龄妈妈重新出发

我正在调理身体。毕竟年纪大了，既然决定要生，就要去调理一下。也会早睡早起，平时注意走多一些路，增加力量。另外，生二孩绝对是经济上的准备，存钱，做各种投资去挣钱。希望这两年的股票能赚多一些，为将来作储备，否则只能动用存款。哪怕立即怀上，孩子出生的时候，我已经三十六七岁了，挺担心对胎儿有影响。这个年龄段，胎儿畸形和患唐氏综合征的风险都很高。医生都会建议孕妇抽羊水，或者用微创手术筛查唐氏综合征。但是政策出来，我们已经是这个年龄了，没办法。

我们现在生孩子，经济实力应该比年轻那会要好，也有经验。但是小朋友是不同个体，经验只能帮助应对突发情况。有一句话叫“经验主义害死人”，生第一个孩子的时候各方面都很小心，生第二个孩子可能没那么谨慎了。就因为这种疏忽，导致小朋友容易出现意外，第一个孩子反而因为看得紧意外少。还有句老话说“第一个看书养，第二个当猪养”，说的就是有经验出现的差异。最关键还是对小朋友因材施教吧。

另外，我也担心因为照顾二宝，对大宝的关注会减少。我对女儿说“如果有了弟弟妹妹，妈妈很长一段时间会照顾弟弟妹妹多过照顾你哦”。我女儿很愕然，问为什么有了弟弟妹妹就不照顾她。我说因为弟弟妹妹比她小，要先照顾他们，她可能要跟外公外婆或者跟爸爸，不可以再像现在这样黏着妈妈。哪知道我女儿说：“弟弟妹妹我来带，你带我就可以了嘛。”小朋友对父母有一种独占心理，她所谓想要弟弟、妹妹，其实是想要一个玩具或者玩伴，不会想到其他情况。这种情况下，很考验父母与小朋友相处的智慧。

（会担心自己处理不来吗？）我最担心的一点是，平衡不了两个孩子之间的关系。（是指照顾方面吗？）一方面是照顾。小朋友半岁以前，没有断奶的时候，非常依赖妈妈。如果妈妈带着孩子一块睡，方便照顾，这样可能就没办法陪大孩子。但是我女儿从出生开始到现在都是跟我睡的，我还没想好怎么跟她解释这件事。另一方面是两个孩子发生争执的时候怎么平衡呢？帮哪个，还是两个都不帮呢？似乎偏帮哪一个都不好，会让另一方受伤，到时真的出现再想吧。我看过我堂嫂处理她两个孩子争执的情况，她是一种很中立的态度。两个都批评，数落完又同时安慰两个，抱抱亲亲。她的方式高明、公正。如果以后真的出现这种情况，我会学一下我堂嫂的处理方式。（*物质方面呢？*）如果我做不到两边平衡，我宁愿两个都不给。物质上的平衡还是比较容易的，关键是精神方面的陪伴、照顾和关注。现在的小朋友还是比较以自我为中心的，3～6岁又是心理非常敏感的阶段，我女儿刚好这个年龄段。如果她再大点，两个孩子相差10岁，会好点。但是她现在处于似懂非懂的阶段，我怕她会想偏。

我打算等怀上再跟女儿好好解释。如果现在就跟她说，万一怀不上，等于给她希望又让她失望，还不如现在先不要跟她聊这些话题。等怀上了，再和她说道理，灌输一些观念比较好。（*会担心女儿不接受吗？*）不会协调不了的，跟她讲道理，慢慢讲吧，再带她去跟一些有两个小朋友的家庭一起玩。相对于其他人的意见，小朋友的意见更加重要一些，一定要处理好。

如果时间可以推倒重来，绝对是“有仔趁嫩生”。如果你现在二十三四岁，已经有一位很稳定的男朋友，而且打算结婚，那么赶快生孩子。等到二十七八岁时，还可以生第二个。这样过几年，你还有余力出来玩。

后记

我们的聊天从徐卿第一个宝宝的出生和抚育开始，女性的生育选择不仅基于现在的处境、未来的考虑，也受过往经历的影响。听完她五年的故事和接下来的打算，我体会最深的是，年轻女性在现代家庭生活中的位置和作用变得非常突出。不仅体现在赚钱养家、儿童照顾等方面，而且体现在对家庭重大事务的决策上，包括居住安排、财务安排、生育、育儿等事件。以生二孩为例，我原本以为女性会是顾虑较多的人。可是在她家里，徐卿的先生和爸爸妈妈才是犹豫不决、半推半就的人。面对双方工作均存在风险、家庭照顾力量有限、自身高龄等不利条件下，她仍然决定生二孩，而且积极把事情往前推进。徐卿的故事，既没有大悲大喜，也没有曲折离奇，就像是你和我隔壁邻居的故事。一个普通家庭的故事，反而彰显出这代女性与上一代女性的差异。

另一点让我惊讶的是，徐卿的女儿虽然只有4岁，可是表现出了对父母明显的独占心理。这让我思考，当孩子们习惯了做独生子女的时候，政策改变之后，他们会怎么看待这件事情呢？与此相关，家里的父母和配偶也适应了独生子女政策，抚育一个孩子对他们而言已经完成了这项工作。忽然生二孩，家庭各项规划和各人关系会发生怎样的变化呢？对这些问题的回答需要更多家庭的故事，也需要更长时间的观察。

再当妈？不是太疯，只因未爱够

／储冬爱／

题记：鄂北汉族，少小离家，青春做伴，入职华南高校。受粤地山川浸染，爱生活，尚自由。30岁初孕，当妈15年余，苦乐参差，生儿未能育女，唯平生憾事。

大龄被“逼生”：做足功课，顺应天然

我25岁结婚，比政府提倡的女性晚婚年龄还大了两岁，可以享受15天的晚婚假期。作为大学教师，我并不需要这个，其时我正享受着教职生涯最美好的时光。没有繁苛的考核，没有填不完的表，穷途不必末路，清贫亦可乐道。假期未至，远行的背囊早已拾好。“一家两制”，让我暂时不必为经济踌躇，乐享旅途。女文青的光阴里，没有家长里短，更不会和生儿育女扯上关系。

婚后第四年春节回家，我们一致感受到了亲朋好友的异样：欲言又止。窗户纸，最后还是他心直口快的小姨捅破：“你们俩要不要去看看医生？调理一下？”没有比这更露骨的弦外之音了，一出“逼生”记激起我俩强烈反弹：一定要生个娃给他们看看。书生意气如我，没少走弯路，万幸，一时头脑发热，却做出了此生最正确的决定。在人生的节点，我们需要一只推动摇篮的手。

虽然没有生过娃，但赶过各类考场，我们相信万事万物是相通的，做足功课总没有错。归纳起来，我的备孕计划和应试真是一样的理：预习、复习、做错题集，再来一个锦囊妙计。选好育儿宝典，是做好预习的第一环。日本儿科医生松田道雄的《育儿百科》绝对是最佳之选，没有之一。0～5岁婴幼儿可能遇到的所有问题几乎囊括在内，松田的解答不似一般育儿书，或纸上谈兵，或模棱两可，既总结临床经验，也辩证分析民间育儿习俗，如新生儿裹“蜡烛包”，是中国和日本民间都有的古老传统，松田认为此习已不可取，保护好婴儿腹部，解放手、脚更健康。如何给幼儿穿衣，相信也是困扰妈妈们的老问题，松田给出的建议格外与众不同，他不是看天穿衣，而始终以母亲为标准，母亲穿多少，孩子少一件，因为幼儿体温比母亲一般高出1℃～2℃。莫扎特的音乐做胎教，也来自松田的推荐。《我变聪明了》是我孕期的主题曲，尽管来来回回听了几个月，但对胎教效果我并没抱太大希望。孩子11个月大，我无意播放了莫扎特，轮到那首曲子时，“奇迹”发生了，到处乱摸的小儿先是“嗯”了一下，然后扶着电视柜，挣扎着站稳，伴随节奏扭动起来，显然，这是孩子人生的第一次舞蹈。以后，无论何时何地，只要胎教音乐响起，他的舞蹈立即跟进。今年15岁半的儿子，自称对莫扎特无感，但一直保有对音乐的痴迷和非常出色的节奏感，我不知是否可以归于胎教之功。

坚持慢走，利于顺产，是身边朋友的经验之谈。从确认怀孕之日起，我的慢走坚持了九个多月，每天绕校园两大湖三次，一次不少于40分钟，风雨无阻。但以我个人经历，过于剧烈、疲劳的活动即使在怀孕早期也应避免。生娃的决定做出后，我给自己安排了游泳、羽毛球、跑步，各种高强度体能训练。一个月以后，实际造人成功，但早孕检测试纸却显示未孕，出于对科技的过度迷信，我没去医院确认，直接切入此前的拉练模式。同时，准备了半年之久的律师资格考试也进入了倒计时。不知是锻炼过度，还是过度疲劳，在律考最后一天，我开始出现流产先兆，血流不止，不得不住院保胎。

大龄初孕摊上这事，我心事重重。先生更是垂头丧气，不给一点好脸色。心情不好时，两个人开始相互埋怨。表面上，我们雄心勃勃，协力往前走，但在内心深处，无论他，或我，都没有真正做好做父母的准备。对流产的恐惧、对未来的担忧，清晰地写在我脸上。庆幸的是，我遇到了生命中的贵人。

刘医生，年龄和我相仿，或许再小些。看起来很文气，声音柔和，但语气坚决。第一次查房，一句话就搬走了我所有的垒块：“生育是女人的天性，别人都可以，就你不行？”她当即劝我出院，回家安胎，顺应自然。随后持续四个月的早孕反应，让我胃口不佳，但平稳度过流产危机，身体反而感觉到从未有过的轻松。

母亲专程从老家赶来照顾，从锅碗瓢盆中解脱的先生，开始发挥黄冈学霸的优势，每晚散步的功课，尽督促、陪护之责；上穷碧落，四面开花，构想、征集几十套孩子的命名方案；总结各式过来人的现身说法，好的经验，坏的教训，或收归“错题集”，或纳入“锦囊妙计”。例如，进产房，务必带上一盒巧克力、两罐健力宝（当时若有红牛维生素，我相信一定是红罐的天下），据说是生产过程中补充能量的最佳神器。而这还不是最最紧要的，一定要设法与医院“沟通”，让丈夫和“能量”一起进产房。事后证明，这些功课多有先见之明。20世纪90年代末，国内医院尚不能接纳丈夫陪进产房，至少不见于公开的报道。我觉得自己是幸运的，在与新生命相遇的美好时刻，“爸爸”全程陪伴，见证分娩痛苦，产床边喂食、鼓气，是助我完成顺产的重要支撑。

20世纪90年代，国内医院剖宫产率居高不下，我的“高龄/高危”顺产也常常被身边朋友称为“奇迹”。怀孕前，我有几年早搏病史，伴随孕程，心脏负担加重，两回产检因心动过速还吸氧两次。转入大医院产检时，经验老到的校医几乎是确凿无疑的口吻：“你个头小，心跳快，孩子偏大，要做好剖宫产准备！”产检单上的六个字“高龄/高危产妇”如利剑高悬，陡然加剧了我的心理负担。预产期过后两天，稍有见红，我便迫不及待地把自己送进医院。赶上龙年生育的高峰，床位和医生、护士一样紧缺，在过道挨了一整天后，晚上8点，终于有医生过来问我了，简单检查后，扔下一句话：剖宫吧，理由是保证母婴安全。因为早有心理准备，我当即表示愿意手术。但一向冲动的先生却变得谨慎起来，当着我的面，他拨通了几个医生同学的电话，听取了“专业”意见后，他同意我的决定。随后，我的待遇立马升级：护士长设法为我“腾”出一个床位，护士们马不停蹄，测血压、量体温、抽血化验，术前准备有条不紊。气氛逆转是在麻醉科医生到来之后，当被告知各种可能的手术风险时，我们又犹豫不决了。医生留下知情通知书后离去，并提醒我们：尽快回复，大半夜的没人给你做。先生一言不发，跑到外面狠狠地抽烟。为另外两个人的生命签字负责，这是他人生中的第一次。多年以后，当我也面临类似困境——为父母、为儿子手术“画押”，我才有深刻的体会，他当年该经历了怎样的无助与煎熬？但这样的代价，也正是一个男孩成长为男人、父亲，必不可少的热身吧？

仿佛冥冥中的安排，刘医生的出现总是那么关键而及时。九个多月不见，她竟然还认出了我，笑容依旧淡然节制——以我的就医经历看，这绝对算得上医生热情的最高境界了。听说我准备剖宫产，她脸色立刻严峻起来，让我跟她去产房一趟。我躺上去，以为她会像麻醉医生一样讲很多我听不懂的专业知识。但她还是那样，不多言多语，说只开了一指，需要帮我扩宫。大约半小时后，她随我回到病房，和我们有了一番“长谈”——说“教育”似乎更为准确，不紧不慢，语气严厉：

——我看你们两个都像知识分子，应该是有文化的，难道不懂任何手术都有风险，剖宫产也是一种创伤。产妇完全可以顺产，宫缩有力，骨盆也理想，孩子头围是大点，但不是偏大儿，估计七斤半左右。刚才扩宫后，已开到三指，后半夜应该可以生了。

这是当晚“与众不同”的建议，却坚定了我们决定顺产的意志。

凌晨2点左右，我被先生和护士一道推入产房。当护士把浑身是血的小婴儿举过我头顶时，“爸爸”还没从紧张、激动中缓过神来，被请出去后第一时间给两边父母报喜，却说不清孩子的性别。我像一条湿透的毛巾耷拉在产床上，仰视孩子的那一刻，分明耗尽了我最后一丝力气，但助产士的对话却清晰地定格在我的脑海："像爸爸！""记下来，凌晨4：49分，活产男婴，顺产，3.9千克，51公分。"

与我同一病房的共六个妈妈，我是最高龄、婴儿最重、唯一的顺产妇。朋友们都说我太幸运，总有贵人相助。我想这话是千真万确的，但上天是否更愿意青睐有准备的人呢？由于再无缘产科，没能再见我的幸运"女神"——一个持非主流意见的青年医生。

做父母：需要终身学习的职业

儿子今年15岁半，是邻居眼中的"阳光帅气大男孩"，是老师心里"成绩不错、个性酷酷的好学生"，是自我定位的"体育控、音乐迷、防御型苦逼中学生"。和这个1米75的大个勾肩搭背，时不时会遭到他的嘲讽："老妈，你这么矮，难道一点都不自卑？"当然，自嘲的基因遗传也很到位，说起多次缝针的童年和一度缺钙的佝偻，他一脸痛苦状："我是个容易受伤的男人！""别人有胸肌，我只有鸡胸。"

看着同龄人把孩子送入大学，我偶尔也会稍稍地羡慕一会儿，但也就是那么一会会儿，心里很快就找到了平衡点。我不敢想象，如果眼前不再有个牵挂的小尾巴，我该如何安放内心的失落。养儿不易，我经历过的无数不眠之夜，是孩子扁桃体或咽喉发炎连续高烧的焦虑；是疝气全麻手术时的隐忧；是鲁莽的小兽无麻醉下四次缝针的心痛；更是篮球控位手臂骨折的无助，但大人肉体的苦我不以为苦，孩子生病难耐，你却无法替他去痛，这是最难的痛！最深的苦！

青春期逆反，也是很多家长最爱吐槽的苦。儿子从来不是温顺的主，倔起来是一股蛮横劲，可以在客厅墙上奋笔疾书“打倒×××帝国主义”，发泄一个5岁孩童对母亲的不满与愤恨，但他听得进道理，懂得节制与进退。当父母的如果能时刻提醒自己“我曾经也是个小孩”，那么与孩子的沟通则完全无障碍，无论哪个阶段都能把你当朋友，一切自然顺顺当当。看多了身边焦躁的年轻妈妈，我打心眼里认为年轻并非妈妈可以骄傲的资本，相反，如我一般大龄妈妈，有一定阅历，心智相对成熟，更能处变不惊，善解孩意，在处理家庭纷争、育儿分歧上也更有应付自如的可能。比如，要不要给孩子输液？明明输液好得更快，为何非要把孩子拖瘦？孩子都烧成那样了，还不赶紧送医院，这当妈的心太狠！外婆或奶奶类似的指责、抱怨相信很多妈妈都不会陌生。我不是医生，也不晓巫术，无法精准把握孩子病情，更不能确信处置一定万无一失，但在科学育儿的路上，越孤单无助，越要冷静、坚定，做自己的主心骨。

做独生子女的父母，考验的不只是智慧，更有心理承受力。养育“单独”的风险，让爸妈们格外小心翼翼、患得又患失，“温室效应”对男孩成长的负面影响更甚于女孩，因为女性在忍耐和承受力方面具有天然的优势。如何有区别地养育男孩独生子，并没有速成指南，或现成宝典，唯有摸索中前行，但战略方向是明确的：养儿宜粗，敢放手，健康体魄是男孩的第一性征。1岁前，儿子的白天几乎都是在野地里度过，摸爬滚打，毫无悬念地摘得“亨氏幼儿爬行比赛”冠军，迈开了他“运动”生涯的第一步。学龄前，我是儿子的启蒙教练，跳绳、踢毽、抽陀螺、抓石子，同龄孩子不熟悉或不屑的土玩法，却为他开启了另一个没有电玩的童年世界，并在以后的日子里，发掘了自己的爱好与特长，花样溜冰、自由泳、短跑、跳远、足球、篮球、橄榄球等，日益朝着“高大上”的方向走，运动损伤也随之而来。但“职业伤痛”已经无法阻止一个“体育控”对运动的痴迷。

《多面男孩》是儿子读小学一年级时的课堂作文，可以作为他童年的自画像：

多面男孩

大家好！我是胡赛尔，我的优点是大方、诚实，缺点是性格暴躁、武断、作业提前做、鲁莽、冲动。爱好有游泳，我会自由泳、仰泳、蛙泳。我的爱好还有看书，我一天不看书都难受。要是你让我一星期不看书，我会崩溃的。我的爱好还有跆拳道，现在我已经是黄绿带，我的目标是黑带9段。我还要继续加油。

我喜欢小动物，比如说小狗、小鸡、小鸭、小白鼠、小猫、小鸟，还有蚕宝宝等多种动物或者昆虫。

我爱好还有国画，我的国画老师和ai（蔼）可亲。我学画画已经几年啦，功力可不浅哦！我的兴趣有滑雪板，我两个晚上就学会了全部技能，现在已经可以从斜坡上冲下来，还可以飞快地滑。我爱好还有乒乓球。我的老师是一个专业的教练，现在已经学会攻球、推打、搓球、左推右攻、小滑步多种球技。这就是一个多面的胡赛尔。

胡适说，世上没有教不好的孩子，只有不够耐心的母亲。如果胡适母亲陪伴他的时间不是11年，而是更久，我相信他对母爱的理解一定更为丰富和深刻。在孩子成长的过程中，没有比陪伴更有效的教育、更深情的“告白”。在孩子最需要的时候，陪在他身边，看他笑，听他哭，分享他的故事，纵容他偶尔的小情绪。不用显摆大道理，无需锦衣玉食，更不是有求必应，大爱无声，就是这么简单。在10多年的育儿手记里，我是儿子语录的忠实记录者，“妈妈，你是不是很寂寞？”“爸爸写作好厉害，一定有很多智齿！”“姥姥总说自己老，但我觉得她还没有老好！”“我好想长腿毛啊，像大学生哥哥一样！”“中考似千军万马过独木桥，唉，我不禁对长大有些萌生退意！”今天读来，瞬间依然会被击中。因“陪伴”之名，我得以继续享受育儿前“在路上”的生活方式，也因此结识更多同道中人。寒来暑往，从华南到东北，从韩国到日本，从南亚到中欧，到处都留下我们“3861团”的印迹。路上的光影里，有欢声笑语，有合作、担当。

今年暑期，儿子去海外游学，“独自远行”本来是我们提前送他的一次“成年礼”，不料“放手”的过程如此煎熬，三周离别竟像三年一样漫长。每天固定时间的越洋电话，是否可以视为另一种“陪伴”呢？

儿子小学期间，我有幸两次被推选为“好家长”，分享育儿经验：

如何做父母，是不断学习的过程。除了与他人交流，也要不断从国内外已有的宝贵经验中汲取养分。身为父母，在家庭教育的各方面我们都有意识地为表率，敬岗爱业，乐观处事，孝敬长辈，友爱同人；培养健康生活方式，读书、运动是全家人共同的业余爱好，潜移默化中孩子已拥有了幽默的性格和健康的体魄，琴、书、画、体较为全面地发展，让孩子感受到了人生志趣的高雅之处。

分享读书心得，互评彼此佳作，已成约定俗成的家庭习惯。我们笃信：读书的人永远不会寂寞。三口之家，每人拥有自己的书柜，不定期在当当网上购书、睡前阅读是三人共同的爱好。5岁以前，我们为孩子“读书”、代买书，但现在孩子的书柜是自己不断添加的，买什么，完全由他自己决定。当然，经典名著、科普读物是我们“无意”买来放在他枕头边的，算是一种适度的引导。

严格但不苛刻，宽容而不放纵，教育孩子时父母保持意见一致是我们多年来一直坚守的。虽追求表率作用，但并不避讳家长自身的不足，让孩子感受到人性的真实，从而培养宽容的心态。兴趣一致，地位平等，家庭内就有了共同话题，茶余饭后，分享各自当天心得，做彼此的听众，是我们的又一乐趣。任课教师的“名言警句”经孩子的口头传播，经常成为我们小家庭的餐前“佐料”。

积极参加学校举行的各类活动，如开放日、亲子活动、运动会、征文比赛、家长委员会等，我们都会亲力亲为，从无缺席。如数度在学校“读书节”家长征文比赛中获奖，组织班级运动会，积极参与慈善捐助，协助班主任做班级活动的后勤、帮助孩子组织文艺节目等，为孩子们创造活泼多样的生活与学习样式，我们希望自己的言行能对孩子的心灵起春风化雨的作用。

喜读书、善思考、爱生活是我们对孩子的期许。学习不是我们唯一的目标，鼓励孩子投身校内外各类文体活动，如读书节、艺术节、运动会、亚运小记者、足球联赛等，并均有斩获。2010年孩子曾代表学校参加天河区田径比赛，虽未能进入决赛，但我和孩子爸全程观战，为其他队员提供尽可能的帮助，鼓励孩子坚持到大赛闭幕，以领略真正的体育精神。鼓励孩子为班级活动献言、献计、出力，与贫困儿童“手拉手”，带领孩子到邮局为贵州山区的孩子捐献图书和文具。

我们也很注意在公共场所的文明举止，在居住的小区与邻里守望相助，“勿以恶小而为之，勿以善小而不为”，我们希望圣人的教导能在孩子幼小的心灵生根发芽。2010在韩国旅行，街头巧遇一群老年人搬运路边休闲椅，孩子主动上前协助；在景点购物，用他有限的英语为中国团的其他客人翻译。此情此景，天下父母，恐不能不为之动容。

在阅读中和孩子一起成长，是我们做父母最幸福的体验。小时候，我随儿子步伐，读他所读，《黑猫警长》《超人》《海底两万里》《笑猫日记》《淘气包马小跳》、郑渊洁童话，带着我在心灵的原野上漫步。在不断翻阅、长大成人的过程中，这头鲁莽的小兽开始有了些斯文之气。下面这篇小文由爸爸主笔，获得过“小学生家长征文比赛”一等奖：

一天不读书，我就难受

“一天不读书，我就难受；要是你让我一个星期不看书，我会崩溃的。”这是胡赛尔同学课堂作文《多面男孩》里的原话。虽有托大之嫌，但喜欢阅读，确实不假的。

出生之时，给他取名字，借了德国现象主义哲学家胡塞耳的谐音，希望他成为一个爱思考、对人间万物充满兴趣的人。“腹有诗书气自华”的本土典训，“书是人类进步阶梯”的异邦格言，多少在这个三年级学生身上起了些潜移默化之功。

很喜欢买书。我一般是在当当网上买书，每两个月总要买一箱。胡赛尔看到了，也喜欢这种电子购物的形式，把他喜欢的书名记下来，今天要《皮皮鲁总动员》，明天要《1001个军事之谜》，当然，《淘气包马小跳》也要连续不断地买。每次看到我抱着纸箱回家，他就会问：爸爸，我的书到了没有？

男孩子的性格是比较闹腾的，读书让他能安静下来。感受到故事人物的悲喜，在沙发上翻读，时而有笑声；趴在床上卧读，能安静地翻阅，常是不动声色。3岁多一点，他倒拿着一本插图本的《三字经》，看得津津有味。刚上小学的时候，看到我用读书笔在书上标记，他也拿笔在自己的书上装模作样画杠杠，不过，是从头画到尾，一行不漏，令人忍俊不禁。好在，他也知道，读书是要圈点的了。甚至，他也有样学样，上厕所的时候，拿一本书“厕读”。以往那个鲁莽的小兽，在入小学之前，头部受伤，被缝了四次针，现在多少也有些斯文之气了。这是书籍馈赠给一个孩童的礼物。

我们给他讲成语故事，这是他喜欢的。希望“凿壁借光”会给他励志，“草船借箭”让他感受传统智慧的神奇。他听了，对诸葛亮大感佩服，对“囊萤映雪”却有着远离乡土和自然的隔阂，他的反应是：“车胤家为什么不开灯？”我和他说起自己小时候无书可读的经历，一本破旧的《汉语成语小词典》成了放置想象力和趣味的地方，说如今他有这么多的书，要爱惜、要多读，他“哦、哦”了几声，不知有没有上心。

读书让他长了见识，童心也得到些熏染。他回来念课堂上老师教诵的唐诗，摇头晃脑，似唱似诵，平仄有致，像过去私塾里乖巧的学童样，令人捧腹。语文园地里有一句：“水南水北重重柳，山后山前处处梅”，他问妈妈：“王安石是干什么的？话说得那么白，都不像个诗人。”小小年纪，已能琢磨古诗的神韵，看出王与李、杜之高下。看高尔基的《童年》，他说心里很难过，也许，同情心发了芽。郑渊洁的童话，他喜欢，比照童话里的描述，他发现了“聪明人”的秘诀：“爸爸，我明白了，你那颗智齿一定是帮你写作的，要是拔掉了，估计一个字也写不出来了。”现在他最大的愿望是拥有一颗智齿。他相信，长了智齿，人就会聪明一大截。

长大成人过程中的见识、心怀和格局，日渐丰盈，往健康的路上走，与大自然和优秀的心灵对接，胡赛尔同学此时总该用足力气，一本一本地翻阅吧？

再当妈？不是太疯，只因未爱够

3岁时，儿子问我：“妈妈，你可不可以给我生个哥哥？”我说：“不可以！”他一脸失落，赌气说：“我自己生！”我相信就在此时，“兄弟情结”在他的心里撒下了种子，这不过是我们母子间又一次心灵感应罢了。其时，我正至中年，力有不逮，诸事不顺。事业瓶颈，先生鼓励我继续求学的苦路，虽不曾以“第三类人”的余光给我压力，但三季稻式的冷嘲热讽，让我不敢懈怠，只能在时时警醒中体会他的真诚与善意。博取学位的几年，深爱我的父亲罹病，在老家的破屋里枯守残年，不能再给我只言片语。他孤寂的眼里，尽是我浮躁的幻影。我继续挣扎在人生的路上，父亲却已在天堂。

爱不是人生唯一的事，但绝对是人生最重要的事。而最难言喻的人间情事，是父爱，是母爱。当我拖着一双小手时，一种蔗境弥甘的享受，“仿佛把我往春天的路上带”，不时憧憬与另一个新生命的美好相遇。

2010年，好友自加拿大回，带回两个儿子。老大14岁，在国内出生，2岁时随父母移民。兄弟俩相差八岁，但形影不离，刚掐完架，立马又抱在一起。我们去宾馆探望，儿子坐在一旁，一言不发，我以为是语言的障碍。回来路上，他自言自语：“有哥哥真好！有哥哥真好！”我瞬间被击中，七年前的种子分明生根发芽了啊！

2015年10月29日，二孩政策在微信圈率先传播，“3861团”顿时炸开了锅。

——你还生得出吗？也不看看自己多老了！

——你们到底想要几个？说啊，我来帮你们生！

——你们自己定，我不发表意见。

这是独生女们的第一反应。

——二孩？你们开心就好！

——随便啦，跟我没啥关系。

独生男多表现平淡，过激的只见于搞笑版：

——期中考试成绩出了，我觉得我妈要生二孩了。

——我都被你们教育成这样了，你们竟然还有信心生？！

当晚，我们有了第一次家庭会议。儿子一马当先：

——我想体会当哥哥的感受，一个和我无关的人（傻孩子，不是同根生么？）长得和我很像（谁也不能保证啊），不觉得很奇特、很神秘吗？

——我愿意洗尿布。你们一定不好意思去开家长会吧，我愿意做代表！

——我们又不是世家大族，有什么家产可分，各拿一半不就行了。

作为家庭一分子，就这么严肃的事情表态，是儿子有生以来第一次。与同龄人截然不同的反应，令我侧目，听之不忍，被同学称为“酷哥”的小伙，内心有这样的大爱，是我没有料到的。

但“爸爸”的神情几乎回到了16年前，觉得母子俩简直是天方夜谭。

——我们都45岁了，能生出咋样的孩子？弄个残疾儿，后半生咋办？

——两个孩子隔了不只16岁，相互做伴？纯粹是瞎扯嘛。到时只怕给老大拖后腿呢！

——我的工作没有定数，指不定哪天破产了，孩子喝西北风去？再者，我们老大不小，万一有个三长两短，不是害了孩子吗？

一句比一句难听，我当即跳起来，指责他是一个不柔软、没温度的男人。爱不需要理由，不爱则有1000个理由。他不紧不慢，又加了一条：

——难道你想把16年的养儿过程再重新来一遍？

话糙理不糙，我必须承认，条条直指人心。但是，这分明又不是我的内心。迟来的政策扰乱了小家，搅动了亲友圈。

表弟第一时间来电话：

——那么优质的基因，一定要传承下来。你们有那么好的条件，收入稳定，有房有车，就当再生个孩子玩玩，你们老了或者走了后，老大也有个亲人，多个伴。

外甥今年23岁，以过来人身份现身说法，劝我珍惜机会：

——一定要生！读大学，宿舍里就我有兄弟，哥哥没少塞过零用钱，大家不知有多羡慕我。再说，独生子的性格真的不好使。

两个姐姐步调一致：

——你真的是疯了，我隔壁邻居比你小两岁，都有两个孙子了。

——赛尔很优秀，又是个儿子，没啥遗憾了，赶紧打消念头。

——你要真想，我明天去孤儿院给你挑一个好的，自己生太危险了。

见电话这头一直沉默，姐姐们立刻心软了：

——你真决定生，我们也可以过去帮你带。

我理解她们最后的宽慰，未必能当真，因为她们也早到了带孙子的年龄，各有使命，只是不忍心再泼冷水，持续打击罢了。亲友的关心、过问，不仅没能帮我理清头绪，反而让我再次陷入深深的纠结。

结婚前，我有10多年的痛经史，同学笑我是捂着肚子把书读完的。生完孩子后，病痛大大缓解，我以为自此解脱，但2006年旧病复发，逐年加重，发展为腺肌症的迹象。中医、西医，省内、省外，没少跑，但疗效甚微。纠结多年后，我接受了戴曼月乐环的建议，但对多数人有治疗作用的曼月乐，对我疗效却不稳定，而且副作用甚大。万般无奈，医生给我指出了最后一条路：如果不想依赖止痛药，切除子宫一劳永逸。在他们眼里，我这个年龄和症状完全符合手术指征：有了孩子，又进入围产期。但这是我完全无法接受的建议——40多岁，正是一个女人最有成熟韵味的时期，没了子宫，我算哪门子女人？最后，一个熟识的医生，一句话点亮了我：

——你要是能再生个孩子，倒是比较好的治疗，但这不可能，没政策啊！

就是这微弱的光，让我在灰暗中坚持到现在。不仅仅为了爱，治病，也是一个多么理直气壮的借口。扯淡的政策来得太晚，但毕竟还在我的“有生”之年。倘若，当初我拿掉了子宫，今天我连纠结的机会都没有，今生今世我都不会原谅自己！

一个月后，我们有了第三次家庭会议。先生主动表示：要不我们就试试？儿子一听，当即放下碗筷：

——太好了！我一定要好好培养他（她），把我人生的经验教训总结好，尤其是英语，让他（她）比我学得更好。

第二天一早，我来到了那位熟人的医院。在等待医生的两个多小时里，穿着宽大病服、毫无美感的孕妇在我眼前晃来晃去，新生婴儿的哭闹此消彼长。刹那间，我变得惶恐、烦躁起来，我问自己：确信已经做好准备了吗？我下楼跳上滴滴专车逃回了家。内心突然的变化，我无法解释。此前强烈的意愿，愈挫愈奋，阻力消失，斗志竟也消弭。

那天，我原本是要取环的。或许，我真的需要再给自己一点时间，哪怕一个月。

后记

书稿完成后，先生是第一个读者。我希望这位自诩为“王小波门下走狗”的老文学青年对文字做个点评。半小时后，微信收到他惜墨如金的回复：不错！两天后，大学同学来访，饭局上先生推辞不饮，同学们很奇怪：“你以前不是喝酒的吗？”他举起茶杯：“响应国家号召嘛！”高中生（儿子）也很关心写作进度，但我有所保留，只给他看了最后一部分，想试试他的反应。他边看边笑，抛出一句：“祝你们的书畅销！”

也许，并没有想象的那么难……

这些年，我越来越不爱照相了，觉得自己看起来真老，但我还是更爱现在的自己。生孩子之前，我喜欢这样一句话：人生如同沙漠，我们是在一个绿洲和另一个绿洲之间飞行的鸟。有孩子以后，我觉得自己生出了根，长成了绿洲里的树。

中国妈妈与新西兰爸爸的育儿经

/ 徐霄鹰 /

题记：我今年46岁，文学博士，已移居新西兰整整一年。之前，我是广州一所高校的副教授。37岁时我和现任丈夫——一个新西兰男人结婚，38岁生大女儿，41岁生二女儿。

这些年，我越来越不爱照相了，觉得自己看起来真老，但我还是更爱现在的自己。生孩子之前，我喜欢这样一句话：人生如同沙漠，我们是在一个绿洲和另一个绿洲之间飞行的鸟。有孩子以后，我觉得自己生出了根，长成了绿洲里的树。

因为参加这本书的写作，我坐下来好好地回想生育女儿的日子。我得承认，我接下来要介绍的40+中国职业女性与新西兰全职爸爸合作养育孩子的经验之谈，并没有什么代表性，但至少它非常与众不同，希望能带来一些启发。

高龄生育：放轻松就好

我们的两个女儿都是在新西兰出生的。托工作的福，每次产假都可以基本衔接上寒暑假（也就是寒假+产假+暑假，带薪假期妥妥地休够半年）。生老大时，我家爸爸（我和先生彼此互称妈妈爸爸，文中“爸爸”指的都是他）请假，陪我一起休了半年；生老二时，他干脆辞了职全职在家。所以和大多数中国女性相比，我真是幸运极了。

要问我高龄女性怀孕生产要注意什么，我会说：没什么，放松就好。

我没有特别照顾过自己。除了服用叶酸和多种维生素片外，我几乎没有开过小灶，每天骑车上下班。在新西兰待产，住公婆家，每周值日三天——负责做晚饭，一直到临产。

爸爸也没有特别照顾我。2008年1月的某天，我们赶飞机去新西兰待产。那时我怀胎七月，肚子已经很大了。我们因为要在新西兰住半年，所以带了两个大箱子还有若干背囊。出了门，我的目光开始搜寻出租车，爸爸却说，坐机场大巴很方便啊，为什么要打车（他认为有公交车不用却打车是对世界环境不负责任的表现）？我说我这不是怀孕了？他说你怀孕而已又不是生病。于是我一跺脚，背着背囊拉着个大箱子跟他一起坐大巴去了。

两个孩子倒是很照顾我，怀孕过程中我几乎没有过早孕反应或其他不适。而且，她们都是在预产期前几天顺产的。

第一胎分娩过程持续了17个小时，生下来都快晚上11点了，所以爸爸很快就被请出去了。护士来看我们，发现婴儿体温过低，就让我解开住院服，然后把孩子扒光了直接放到我胸口，她说：“肌肤相亲是最好的保暖方法。”

夜深人静，病房里就剩下我和孩子。裸体的小小人儿窝在我胸口，母女俩相互依偎、相互取暖。然后，就是我自己照顾自己和孩子了。那个晚上，给她喂奶、换尿布……下床上床，走来走去。

第二天，护士隔两三小时过来检查孩子的进食和排泄情况，又来教我替孩子洗澡。爸爸中间过来几小时，之后又全是我自己照顾孩子。第三天一早就出院了。

当然也没有月子可坐。一周后，侧切伤口愈合，就该干吗干吗了。再过一周，重拾每星期做三次晚饭的值日工作。还没出月，我就跟爸爸一起下海游了一次泳。4月是南半球的秋天，海水凉得刺骨。就这样，我也没得传说中的月子病。

老二就更顺利了，从阵痛到生下来只用了四个多小时。

育儿博客里常有妈妈对比中西坐月子的不同。我觉得，在这里坐月子最大的不同是：放松！没有在国内感受到的那些紧张和焦虑，人们似乎不太把怀孕、生产、坐月子当回事——这不都是一个女人作为雌性的哺乳类动物，自然要经历的事情吗？

生孩子疼吗？

——嗯，相当不舒服。

有没有奶水？

——怎么可能会没奶水呢？

谁照顾我坐月子？

——你自己多休息，如果有需要，我们会帮你的。

新妈妈要吃什么？

——我们平时吃的健康食物啊！

频繁地哺乳、换尿布、断续的睡眠……妈妈要经历的这一切，其实在哪里都一样，只是怎么去经历。

我喜欢这里给我的放松的感觉：学会把自己放开，听从自然的本能去做母亲。有一次，爸爸谈到姑姑[1]，他说："She just let things go！"想想，其实中英文有很多相通的地方。放开自己后，才能享受到独立和自由。

1 爸爸的姐姐，她是一位育有四个孩子的全职妈妈。

“好而不贵”养孩子

媒体特别流行算养孩子的费用，大意都是说养孩子真贵。每次看到我都忍不住想，这些账都不知是怎么算出来的。我的两个孩子加起来在国内养了10年，我并没有觉得养孩子很贵。细账实在是算不出来，就说大概。

1. 婴儿奶粉。母乳喂养到2岁半，从来没买过奶粉。2. 纸尿裤。我们只在晚上睡觉或长途旅行的时候用国产纸尿裤，白天使用传统的尿布。3. 月嫂。没有月嫂。4. 保姆。我结婚前，一直用小时工，老大出生后减少使用，老二出生后就不用了。5. 营养费和伙食费。大人小孩同伙食，不给她们开小灶。6. 看病。我们基本上不带孩子去看病，尤其是妹妹。……好吧，我还是承认，其实主要是爸爸淡定，我起先会忍不住带孩子去看病，可是每次拿回来的药都被爸爸束之高阁，不让孩子吃。这样搞了多次，我就偃旗息鼓了。7. 玩具和衣物。几乎不用买，大部分是二手的，小部分是亲人朋友送的。8. 日常娱乐。几乎不花钱。她们的主要娱乐，就是跟爸爸去校园中区的草坪、珠江边上的免费公共游乐场，或者跟着妈妈参加各种有孩子或没孩子的聊天做饭活动。9. 早教、幼儿园学杂费。没去过。

当然，我们不总是那么省钱，在购买照顾儿童的设备（如高椅、游戏室和孩子卧室的家具、安全围栏等）、图书、体育用品等方面花费不少，孩子3岁后也上了若干艺术类的兴趣班，加起来用了好几万。另外，我们的旅行支出蛮高的，一个是要去新西兰探亲，一个是要去北方探望我的妈妈，还有我们俩都爱旅行，有时间就爱到处走走。

很多人说：生了孩子又不尽能力给他们最好的，那还不如不生。完全同意！

然而关键是，对孩子来说，什么才是最好的？好跟贵是一回事吗？

先说奶粉。

两个孩子，我都按世卫组织的建议母乳喂养到2岁半，加起来一共有五年的时间，我没有睡过整觉，生病也从来不敢吃药（我倒不觉得半睡半醒地塞个奶头给孩子有多么辛苦，也许习惯了吧）。

我听过各种不能喂母乳的说法，我也无言以对。但我知道，理论上，只要母亲不断尝试坚持母乳，所有健康的母体都可以制造足够的奶水。即使上了班，母亲也可以事先泵出奶水留给孩子。

对母亲来说，坚持母乳到2岁半确实不容易，但是真的不可能吗？我觉得，排除一些不得已的因素，许多喂奶粉的母亲，不过是选择用钱来换取自己的舒适和自由。

再说早教和阿姨。

我自己家早先因为有老人，有请阿姨的习惯。后来老人去世了，也就一直用。我刚怀上老二的时候，爸爸跟我商量，将阿姨每天来三小时缩减到每两天来三小时。

下面是他当时为此写的博文[1]：

这跟钱无关（It's not about the Money）

为什么我宁愿我们的生活更忙碌，也要缩减阿姨的工作时间？为什么我们不请保姆带孩子？

这跟钱无关。

我很容易就可以找一份教英语的工作——我们这里的大学给外教的工资是一个月9000元，一周只需要教16节课而已。即使我们送木兰去一个不错的幼儿园，再请上一个全天的保姆，每个月也估计还有钱剩余。

但是生活中，钱不是最重要的东西。我们不需要再多的钱了。

我减少阿姨的工作时间，是因为我认为这对我们家庭来说是最佳选择。

次要原因是我不喜欢家里有个外人。她的存在让我感觉不

1 原文是英文。

舒服。

主要原因是我不希望木兰和宝宝二号[1]像皇帝和皇后一样被伺候着长大。以下是我的想法：

首先，我希望木兰和宝宝二号看着我（和妈妈）做家务。我希望她们看到我缝补破了的窗帘、衣服和玩具。我希望她们看着我照顾花草。我希望她们看着我给小猫美琪喂食、跟她聊天和玩耍。我希望她们看着我修理坏了的柜子门、在墙上钻洞、疏通堵塞的下水道。我希望她们看着我洗衣服和餐具。我希望做一个榜样。我希望她们通过看着我做这些事情去学习如何做各种事情以及遇到问题时如何解决问题。

其次，在她们的成长过程中，我希望她们在做中学。如果你拥有一个教师的思维模式，那么，几乎所有的家务活动都可以变成教育的机会。甚至我们可以像学校老师那样罗列出“教学目的”。我们的家务越多（没有阿姨碍手碍脚的话），木兰和宝宝二号的学习机会就越多。就拿简单的洗衣服做例子吧：

（1）英语——词汇。很早，木兰就通过跟我一起晾衣服和收衣服学习了许多颜色和衣物的词汇。当我把衣物一件件晾起来时，我会说：“这是妈妈的白T恤。”“这是你的粉色袜子。”诸如此类，很快，木兰就可以告诉我它们是什么、是谁的了。

---

1 我们称呼还在肚子里孕育的孩子叫Baby No. 2。

（2） 锻炼身体，手眼协调。随着木兰不断长大，我们做不同的活动：她递衣服给我，把衣服放到衣架上，把衣服从衣架上拿下来，把衣架放到晾衣叉上再举到晾衣竿上，拿洗衣盆，把干净衣服堆到床上，等等。

（3） 科学——分门别类。我们把“浅色衣物”和“深色衣物”分开洗，于是木兰帮我把脏衣服分拣到合适的类别里。当我们收衣服时，我们又按衣物的主人和衣物的类型把它们分别堆放（例如，这是木兰的上身的衣物）。很早，木兰就注意到她的儿童衣架和爸爸妈妈的普通衣架的不同。

（4）科学——化学。当我们把洗衣粉和消毒水放进洗衣机时，木兰总是问我它们做什么用。我用她能听懂的语言给她解释，洗衣服是怎么回事（例如，洗衣粉就是有泡泡的肥皂，能够把脏东西带走；消毒水杀死小小的虫子）。

（5）科学——技术。木兰很小的时候，就开始摆弄洗衣机上的旋钮和按钮。她现在完全可以自主使用洗衣机了。

（6） 数学——数数。当我们收衣服的时候，我们会一件件地数。

（7）创意和歌曲。 木兰发明了一个游戏：当我们把衣服晾完后，她把空的洗衣盆藏起来，然后我们一个房间一个房间地找（“是不是在书房里？”“不在。”），最后，这变成了一个仪式，洗衣盆总是在客厅的垫子下被找到，而我每次都要假装很吃惊的样子。后来，木兰又把空盆子想象成一顶遮雨的帽子，她把盆子举到头上，假装下雨了。我会抱怨说我都淋湿了，她就把盆子让给我用。这让我想起一首叫It's Raining, It's Pouring的儿歌，于是我教她唱，她就学会了。

（8）乐趣和消极惩罚。木兰特别喜欢玩“摇啊摇”。这是一个需要爸爸妈妈一起参与的活动。每次洗完床单，在收纳之前，我们都将床单变成一个吊床。妈妈拿一头我拿另一头，木兰躺在中间，就像躺在吊床上，被我们来回地摇。这也是一个很好的消极惩罚的办法。如果有床单正好晾着，木兰又做了淘气的事，我就用没有“摇啊摇”的威胁来纠正她的行为（我们从来不用打来惩罚她或纠正她的行为）。

现在，木兰喜欢所有这些活动（当然，她可不喜欢“摇啊摇”的资格被取消），但我姐姐告诉我，孩子过了4岁，就对帮忙做家务不感兴趣了。到那时，宝宝二号就会准备好来当小帮手了！

早教中心也许有更好的硬件，但任何早教中心的教育都没办法与有准备的父母高质量的陪伴相比。保姆能替你省下很多时间和精力，但也让你错失了很多教育孩子的时机。

所谓有准备，所谓高质量，意味着父母需要耗费心力去掌握幼儿心理、学习如何跟孩子互动。用爸爸的话来说，就是要培养“教师的思维模式”。一旦有了这样的思维模式，带孩子一起做家务也可以变成最佳的早教。

所以，还是那句话：选择高价早教、选择请保姆的父母，是选择用钱来换取自己的舒适和自由。这样的选择本无可厚非，只是既然选择了，就不要抱怨养孩子贵。很多时候，孩子需要的东西并不贵，贵的是父母自己需要的舒适和自由。

全职爸爸：自我实现而不是自我牺牲

我们家的情况在中国比较少见：妈妈是工作的人，爸爸是全职在家的人。我们俩很自然地做了这个决定，没有丝毫的纠结。

我们都不觉得需要两份收入来养家。我工资比他高，而且我对工作很满意：时间灵活，环境好；更重要的是，我热爱教学，热爱我的学生。相反，爸爸虽然是个无比认真的老师，但工作并不能给他带来愉悦和成就感。他很肯定地说："我已经找到了激情所在。"——那就是陪伴教育孩子。

他知道很多中国妈妈对要不要全职很纠结，他对此有自己的看法：

> 来中国以前，我认为中国是集体主义的社会，可是来了以后，我却发现中国人其实是个人主义者，常常以"我"为单位来考虑问题，至少在家庭里是这样。例如，丈夫会说"我辛苦

挣钱给你用”，而妻子会说“我为你生了孩子，我为家庭牺牲了自己的事业”。我认为，爸爸或妈妈之中，要不要有一个人全职，是两个人就家庭生活方式所做的一个共同的选择，应该以家庭为单位来考虑这个问题。

首先，我们认同不认同，没有人能比父母更好地照顾孩子这个观念。其次，我们考虑收入的情况。再次，我们考虑工作本身对于我们的意义是什么，是不是我们的激情所在。最后，我们做一个决定，是否有一个人放弃外面的工作，承当照顾和教育孩子的职责。这并不是说留在家里的人就不工作了，TA只是换了一个岗位，TA要成为一个育儿师、一个早教专家、一个全科教师、一个职业管家。因为有了TA，就不需要再花钱外包这些工作了。

我带着女儿出门，周围的中国人对她们友善极了，整体来说，我觉得中国人特别爱孩子。然而，奇怪的是，全职在家照顾孩子的人却会被人看不起。为什么会这样呢？

当然，我明白，受到女权主义启蒙的女人更难做出辞职在家的决定。因为她们很难判断，全职在家的选择是出于她们的自由意志，还是屈从于传统相夫教子观念的束缚。在这个层面上，我能理解很多中国妈妈对要不要全职的犹豫。

作为男性，爸爸对自己的选择确信不疑。在2012年8月全职两年后，他为此写过一篇博文：

孩子还是事业（Children vs Career）

我看到Campbell Brown——我在奥克兰大学读研时的同学刚获得了一个国际性的奖项：2011年最佳论文奖。

祝贺你，Campbell。

当我把这个消息告诉妈妈时，她问我有没有因为中断了学术上的追求而后悔（我没有暗示自己也能得到那样的殊荣的意思）？

我回答说，我感觉有点复杂。

一方面，我享受思考和写作的乐趣。所以，如果有人付钱让我全职思考和写作，那确实是很美妙。

另一方面，我热爱陪伴孩子。

在现实生活中，我只能选择一样。如今，想要当一个学者，必须全身心投入研究和发表（至少为了进入学术圈子吧），也就是说我将（几乎）没有时间留给我的孩子。

对我来说，这个决定一点都不难做。而且我做了一个正确的决定：我将要用以后的20年全心全意地陪伴我的女孩儿们，给她们最好的，我一点都不后悔。无论我选择从事什么事业，都无法获得跟她们在一起的愉悦和成就感，这也是我能为这个世界所做的最好的事情。

国内对待全职父母的不友善环境，很难在短时间内改变。那么，一个在考虑是否选择全职的女性，作为个体，能够做什么？我觉得，最重要的就是确认自己真的能从与孩子的相伴成长中获得愉悦感、成就感和自我价值感。这样的妈妈必然会有很高的自尊，也会赢得丈夫的尊重。一句话，全职应当是一种自我实现，而不是自我牺牲。

说到事业和孩子，我自己的事业发展在有孩子之后就停滞了。但我很清楚，这不是因为我为家庭为孩子做了什么牺牲（虽然我大概比绝大部分负责在外面工作养家的中国爸爸承担了多得多的家庭责任），而是因为，高校工作拼的科研并不是我的激情所在。

后记

回头再读这篇自述，感觉主角其实是爸爸。是的，作为一个从没跟父母在一起生活过的独生女，我的好妈妈生涯可以说是输在了起跑线上：我缺乏耐心，经常在陪她们的时候打电话、刷微信；我也不善于跟孩子互动（导致一直住在中国的孩子汉语远弱于英语）……养儿育女的各种劳累和琐碎，也不时让我这个曾经养尊处优的后进生妈妈崩溃哭泣。

那时，优等生爸爸是绝对不会给我暖男式的拥抱和安慰的，他只会冷静地劝告我：Grow up!

Grow up 意味着你必须选择，然后承担选择的后果。以我的经验看，其实真没有什么是我们承受不了的，尤其是当孩子对着你展开天使般笑颜的时候。

Just let things go!

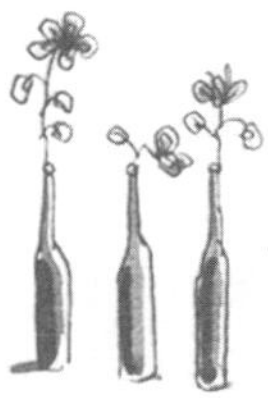

其乐融融地球村

/ 宋在梅 /

题记：我是一个好强而上进的人，在追求事业发展、学习新知识、投身社会公益方面投入了大量精力。与此同时，我也有着幸福的家庭，先生与我在事业上共进退，三个小孩也在父母的言传身教下健康成长。

再要一个孩子的神奇决定

我准备生第三个孩子的时候已三十五六岁，在广州中大布匹市场经营一家时尚流行女装纺织品面料公司并任董事总经理，在这个行业经营了近10年。当时我已有两个孩子，女儿9岁，儿子刚刚3岁。

第三个孩子属于计划外怀孕。记得当时，我从韩国出差回来，先生正在家中请客，高朋满座。有一位在台湾被称作“济公”的梁先生，提出要去我们的卧室看一看。带他看了以后他就告诉我们说，他听到一个男孩的哭声，我们家将会再有一个男孩，很孝顺，希望一定要留住。当时以为他喝多了，没有当真。

当我们发现怀孕的时候，孩子已经两个多月了（由于每个月例假如期而至，只是比平常量更少，所以没有留意），不能再做人工流产手术，医院建议我们考虑引产。我们有点犹豫，而且想起“济公”说的话更加都舍不得。虽然家庭事业都很忙，也没时间休息坐月子，但是也不知道哪来的勇气，没有想后面会很辛苦，只想到这是一条小生命，“将来又孝顺父母”，来了就应当要，而且有两个儿子多了一份保障。总之，有很多理由让我们把这个孩子留下来。

忙里偷闲生孩子

因为我们选择独立生活，所以娘家和婆家并没有什么支持和反对意见，只是娘家父母怕我太辛苦；大女儿则希望妈妈再生一个，而且盼望再生个弟弟，这样家里就她一个女孩，仍然娇贵；至于大儿子，当他知道还有一个弟弟，也非常欢喜。

当时我是全职妇女，一直在忙，没有因为怀孕休息过一天。我也没有做过完全的产检，只做了B超和胎音监测。可能因为生过两胎，感觉有一些经验吧。不过现在想想，仍然会吓出一身冷汗，万一孩子有什么问题，我们会后悔莫及。

预产期前一天，我们就在北京东四妇产医院提早办了入院手续，准备第二天住院待产。没有想到孩子非常守时（至今都是），预产期是4月28日，前一天的夜里12点左右开始肚子痛，我没有惊动别人，悄悄地洗好了澡，把事先准备好的包裹，包括小孩子的衣服等用品和一些书籍放在旁边。准备就绪以后，一个人靠在沙发上忍受肚子痛，等待天亮。

一直到早上四五点，天刚蒙蒙亮，孩子大姨发现我不一样还埋怨了几句，说我这样太冒险了（已经是第三胎了，生产起来应该比较快），不应该这么久不来叫醒她。接着我们赶紧坐车去医院，上了产床后才想起来要翻看带来的一些风水书，翻来翻去正在看的时候，护士医生还打趣说："你可以选择一个好的时间，我们能够帮你提早生，但不可以帮忙晚生哦。"我看来看去最后还是认为顺应天意、顺其自然就好。

我是顺产，4月28日上午8点48分孩子出生，医院安排孩子的大姨一直在旁边照顾。孩子生下来以后，医生马上把孩子抱给我看，我非常开心，立即忘记所有不适。孩子大姨见我生完孩子，就赶快忙着去帮我买一些吃的东西，我一个人躺在床上，听到隔壁有孩子的哭声，我才知道还有一个和我一样正在生产的妈妈。我突然好担心，会不会把孩子给抱错了？后来想想，当时的想法还是很可笑的，竟然担心自己的宝贝儿子被调包。

感谢上帝，一切那么顺利。爸爸从台湾赶回北京，带了很多补品。第二天专门去到京城皇城根下专门替人取名字的地方，找人为儿子取了个名字，说儿子以后从军从政从法，名叫陈钧翰，雷霆万钧的钧，翰香万代的翰。这是他第二次去，第一次是为大儿子去找人，找爱新觉罗溥仪的后代，帮我们家大儿子取过一个名字。

我生孩子后，大概观察了两三个小时后就送回房间，第三天出院回家。

这中间有一个小插曲。孩子出生第二天我就开始腹泻，可能喂奶的原因，第三天孩子满脸都起了小湿疹，我赶紧停止喂奶，但这个小湿疹一直到孩子三四个月都没有消退。孩子大姨看着孩子吃奶时小脸涨得红红的怕他痒，就帮他摸摸脸，摸摸脸上的小痘痘，没承想痘痘上就掉下来一颗颗小粒，形成一点点的小坑，大了小坑也跟着长大，所以现在脸上还是会有一些小坑坑。等儿子大一点的时候，我们就找机会跟他说："我们大家都非常喜欢你这个小小男子汉脸上的小坑。"所以孩子至今也没有过多地在意他脸上的小坑有什么不好，甚至在读国内小学时有同学给他起绰号"小坑"，他还在作文里评价这是他最喜欢的绰号呢。

解决孩子的户口问题

当时前两个孩子的户口落在我老家安徽蚌埠。娘家的父母亲和弟弟在20世纪80年代就开始陆续移民到了美国纽约，我和姐姐的户口则一直保留在我们的出生地安徽。我没有因为嫁给了我的台湾先生，就把户口移到台湾，所以第三个孩子落户就成了大难题。

因为要申请移民去台湾必须经过八年以上的等待期，而且我们的生意、事业都在北京和广州，所以当时的情况不允许我们落户台湾。落户大陆的话，由于户籍上已经有两个孩子，再报生第三个孩子有困难。最后，在孩子3岁时，我们准备移民美国，这时幸好国家户籍政策有所改变，孩子顺利地报上了户口。

记得回安徽老家办户口的时候，遇见负责户籍落户工作的楚大姐，她当时非常诚恳又友好地说："这是我们计划生育抓失败的结果，既然已经生下来了，就必须给孩子上户口。"让我们很顺利地就落了户，还办理了中国的护照申请证明。

现在孩子的户口都已经转成台湾籍，但是在申办台湾户籍的时候颇费周折：因为申请了台湾户籍就要放弃在大陆的户籍（娘家的房子又面临即将拆迁，但是也不得不选择放弃），考虑到孩子以后中学要去台商子弟学校读书，接受台湾的传统教育，学校要求必须拥有台湾户籍、有台胞证才可以报读台商子弟学校。

记得当时先生带两个儿子回台湾台中住了约两星期，那时候我非常挂念他们。由于当时工作很忙，我不能陪他们一起回去。这也是他们和爸爸仅有的一次一起返回爸爸故乡丰原的行程经历。孩子们办理好在台的户籍申请以及台胞证和台湾护照，就同他们的爸爸一起平安返回广州。去的时候拿大陆的护照入境台湾，返回的时候就拿着台湾的台胞证和台湾护照入境广州，回想起来也是很有意思的。就此，孩子的户口问题得到了圆满解决。

孩子好福气遇见姑奶奶

怀孕过程还算比较顺利，但也有些小意外。记得曾经摔过两跤，一跤是在家里收拾柜子时不小心坐空了，一跤是坐摩托车时坐空摔了一跤。还有一次是在中大布料市场的时候，被三轮车从后面撞过来，擦身而过，受惊一场。现在想一想还是感到后怕，能保住这个孩子真是福气大。

我这次生产和非高龄生育没有什么不同。我姐妹三个，没有照顾父母的压力；我先生的姐妹兄弟也多，而且他的父母已过世，也没有照顾公婆的压力。

当时，家里请了客户兼朋友的姑妈打理，孩子们称呼她为姑奶奶。她帮我们先带了大儿子，她很喜欢大儿子，孩子也非常好带，很乖很听话，长得也可爱，肥嘟嘟的。从小，我们就培养他的独立意识，吃饭一个人坐（BB凳），睡觉一个人睡。

姑奶奶表示，如果我们再要孩子，她愿意继续带，所以当第三个孩子生下来后还是她带，最多的时候家里请了三个阿姨。至今，我们和带过两个儿子的小姑都还保持联系。两个孩子在孩童时代，虽然我们也有自己带，但时间都比较短暂，因为忙事业聚少离多，总是觉得跟孩子相处得不够，到现在多少还有些遗憾。

远隔太平洋的牵挂

2004年，我一直觉得自己的身体状况不是很好，就去医院做了检查，医院要在15天后才出化验结果。从医院回来后没几天，就接到美国领事馆通知去美国移民的排期已到，我很开心，毕竟一家人许久没见了。可是没几天，正在公司工作的我突然接到大女儿的电话，说是医院打来的，要我去医院看报告。拿到报告结果，“疑似腺癌”，所有人都吓坏了，连我自己都给吓到了，没有想到运动员出身的我，会得这么严重的病，但结果不容怀疑，我只能面对现实。后来在广医二院做了手术，术后再做化验，结果已经没有什么大碍了。在2005年2月18日移民签证下来，拿到自己和孩子们批准赴美定居的那一刻，我百感交集，终于可以去美国看娘家的亲人了。

2007我再次回美国探亲时，觉得自己的身体状况不是很好，就在美国的医院再做检查，得到的结论又再次把我吓坏了：“零期癌症”。虽然医生再三强调，已经进入“期”了，应该告诉家里人要引起足够的重视，但是为了先生和孩子们能够在国内安心工作和生活，我只得将此轻描淡写，说是“有点儿小问题”。为了我的身体着想，父母不建议我在这个时候回国，希望我能够留在美国做完手术后再回去，因为手术前后要反复检查、确认，手术后还有三个月的恢复期，这都需要时间。在这期间，独自一个人在国内的先生有点儿坐不住了，妻子一去这么长时间不回来，会不会有什么变故？先生因此断了供给（只因在一次电话中我跟先生说：“我这里没有钱了，需要用钱。”当时先生回答：“没有！”财务一直都是由我掌管，实际上完全可以自己调动），想要以此来迫使我抓紧时间回国。

我拖着病体依然好强，没有了经济来源又不想让娘家人担心，在恢复期，我坚持自己出去学习，在纽约的帝国大厦参加护理学习培训班，经过一个多月的培训，顺利结业，自食其力开始挣钱。其间抽时间去曼哈顿的纽约时装设计学院学习，参加设计师的交流会，平时常去教会并成为慕道友。2007年感恩节在卫理公会受洗，正式成为一名基督徒。参与教会慈善活动的筹备和散发传单等工作，并成为维护一男一女婚姻协会会员，把业余时间安排得满满的，以此来充实和填补自己内心的委屈与失落。

就是这样每天还是牵肠挂肚，想着在国内的事业、先生和儿子们。按医生的要求，手术满三个月后回医院复查，再采样送检，又过去10天左右，当医生宣布没有问题时，我迫不及待地打了父亲的电话，告诉他结果，并请他帮忙订了第二天的机票，归心似箭地乘机返回广州，回到先生和孩子们的身边。

到家以后，对着既亲切又略显生疏的亲人，尤其是孩子们的眼神里流露出来的不安定，感觉头发也长得没有型，指甲也长了需要剪，先生的衣服也皱巴巴的，心情好复杂。家里不能缺少妈妈，丈夫也不能缺少妻子。那是迄今为止我们分开时间最长的一次，仿佛经历过一次生离死别。

几年后，孩子的爸爸去美国见到了当时给我手术的郭医生，才知道我当年半年多留在美国的真实原因。这次经历让我明白，夫妻之间、家人之间要经常沟通，幸福是来之不易的，拥有健康的身体是全家人幸福的基本保障。

姐弟仨相互陪伴鼓励

如今大女儿已经23岁，大儿子17岁，小儿子也14岁了。大女儿大学即将毕业，大儿子上高一，小儿子上初中二年级。

他们让我省心的原因之一是因为互相之间的陪伴，二是我们从小就锻炼孩子的自立性，很坚强又很懂事，知道体贴和尊重住家阿姨。兄弟俩在国内相互陪伴，姐姐小学毕业就去美国和我的娘家人一起生活，从18岁开始自己出去独立生活。可能因为我们常常放手的原因，他们从小就养成了自己事自己做主的良好自律习惯。

如今姐姐虽然在美国生活，但孩子们之间的联系从未间断。姐姐经常来电话、微信、QQ，表示对弟弟们的关心，鼓励弟弟们要加油。在寒暑假，姐姐有时回来，会给弟弟们带来一些礼物和鼓励的话语。姐姐每次回来也会给弟弟们做好吃的，炫一下自己的手艺。还会带着弟弟们出去玩啊，去见她儿时的小伙伴啊，一起到二沙岛骑脚踏车。姐姐还可以带弟弟们去旅行，前年就带了小弟弟回台湾，住了大约20天。

今年暑假儿子们的台胞证和护照到期需要换发，他们一起回台湾台中，在他们的小姑姑那里过了两星期左右。孩子多了互相有个伴，也让我们感到非常放心。他们之间也有着互相挂念对方的好习惯，这不今天姐姐还在网上问弟弟们是否都长高了，现在他们要穿多大尺码的衣服等。她回来时要送给他们。大儿子说：“妈妈我理的这个发型会不会像小混混？今天视频中姐姐看到了会不会误会以为我不争气？”看来他是非常看重姐姐的看法和意见呢。有时候他们也会流露一点小伤心，尤其是姐姐，她觉得没能跟我们生活在一起是一种遗憾，一种缺憾，总希望下一次再回来时我们能够再多点时间在一起。

之前，我和他们的爸爸放在工作和做社会公益活动上的时间比较多（爸爸任广州市台协资深常务副会长，还担任转型升级领导小组的主任），常常不在他们身边，而且孩子六七岁时就没有再请住家阿姨了，所以他们两个比较早学会照顾自己，也都比较懂事。

我则是一个较为大大咧咧的母亲，甚至可以说是粗枝大叶的母亲，又经常世界各地跑来跑去。也可能孩子比较多的原因，也有可能因为我本身就有姐妹三个，所以在娘家时也没有机会被娇惯，从小就非常独立。记得我从初中一、二年级开始就在母亲的工厂里勤工俭学，帮忙贴补家用了。我从小不娇气，能够吃苦耐劳，我待孩子们也是如此，从小我们就鼓励他们把用过的玩具拿出去，在小区摆地摊，懂得和别人分享等。力争上游，身教重于言教，时刻提醒孩子们不要忘记善良是人的本性，让他们也能够遵行“衣冠与世同，在家常早起”这个我们宋家老祖宗留下来的辈分家规。

其乐融融小小地球村

我父母都是20世纪50年代的大学生，父亲是西安交大机械系机床专业的高才生、学生会主席，学生时代被打成“右派”（后被平反），80年代初去了美国。他总希望把我们都接到美国去，在2005年帮我们全家也办了移民。

当我带着三个孩子踏上美国的土地，看到父母在美国的生活后我们也就放心了，条件比我们想象的更好。当时父母希望我们和孩子们都能够选择移居到美国生活，也好跟他们多一点时间在一起。我们在国内做生意让他们非常担心，担心政策不稳定，担心随时会发生变化，而且在美国孩子教育是免费的。我非常理解父母和家人的感受，经过考虑，最终还是选择回国，回到先生身边，一起继续打拼。于是，第一次回美国的娘家，只小住了一个月左右（美国政府给我们办理的正式绿卡也在我们准备返回国内的前几天寄到），便带着两个儿子返回国内，留下大女儿妞妞在美国。

回过头来看，当时决定再生第二个儿子是正确的选择，一个儿子太孤单。如今，他们俩相依相伴，互相商量，互相帮助，互相欣赏。从弟弟3岁开始，6岁的哥哥就会依赖他叫外卖，弟弟从来不出错，可以准确地报出家里长长的地址，总是在电话中一气呵成。这一点哥哥就做不到。哥哥和弟弟常常配合组织策划，安排同学和邻居家的小朋友们玩，10多个人晚饭后或者周末早起去体育场踢足球、打篮球。兄弟俩一起玩到大的共同朋友很多，常常是哥哥做得比较出色的事情弟弟又接着效仿。哥哥也常常在我们面前夸赞弟弟，说弟弟的性格非常好。我和先生都喜在心里，觉得多要个孩子很好。

前几年外公健在时，家人也会时常从美国过来和我们一起生活小住。每当这时家里就是一个联合国，外公外婆舅舅大姨持美国护照，爸爸和两个弟弟是台湾护照，妈妈和姐姐是中国护照。

外公过世后，最近一两年家人们来的机会相对少了。有一个重要原因是中国的空气和水质让他们对食物非常担忧。孩子们都非常盼望我的家人能够经常来和我们生活，因为我的娘家人都非常疼爱孩子们。外婆夸：“大棒棒（大儿子乳名）像我，厚道。”大姨则对着小儿子说：“我最疼我的小棒棒了（小儿子乳名），因为我是看着他出生的，对不对？”一边说一边亲。舅舅那时候在忙着下厨给孩子们和外公做好吃的。家里仿佛每天都洋溢着喜气，是一个其乐融融的小小地球村！

后记

孩子是上天送给我们的礼物，我们要善待他们，请相信一切都是最好的安排。父母的言传身教，兄弟姐妹的相互陪伴和协助，就是最好的教育和学习。孩子的出生并不会影响女性和家庭对事业的追求和对社会的参与，因为父母积极向上的精神和努力就是孩子们成长最好的榜样！

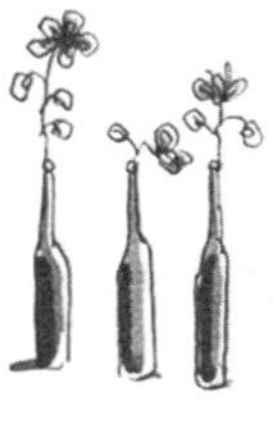

先生牵着我的手走过

／方　英／

题记：我们约在咖啡馆见面，就着她（化名晓容）早上送完小孩上幼儿园之后一起聊聊。几年没见，她一袭温婉的长卷发搭在右肩前侧，深蓝色牛仔小夹克则透着干练和清爽。她要柠檬茶，我点咖啡，因为注意饮食健康，她一般不碰咖啡。她声音轻柔舒缓，讲述了顺风顺水生育二孩的故事，这种波澜不惊的讲述和她平和的心境与人生态度相得益彰。

喜欢小孩就再生一个

当时我们双方都三十八九岁了，主要就是喜欢小孩子，我觉得“只生一个”挺不合理的，女儿也想要小弟弟或小妹妹。我们经济上还可以，情感上比较稳定，心理状态也成熟一些了，再不生也没有勇气生了，所以说这个事情就是，生就生吧。

我的性格不是那种特别拖沓犹豫的，很多事情说要做了，就想一想，大概重要的东西可以就行，不是那种纠结的性格。现在有些人跨40岁，可能就很纠结，我觉得想清楚就好了，你愿不愿意舍弃你现在的一些东西？生完孩子以后你的体力能不能承受？你不能承受，怎么去解决这个问题？想清楚了就好。其实也不会太纠结。

（**那你当时是怎么考虑这些问题的？**）身体这个问题，我当时也没有想太多，因为我觉得38岁这个年纪也还可以。我不希望第二个小孩和我女儿差距太大。女儿也基本懂事了，三年级，10岁的样子，开始自己睡，作业也不用管，她做完了就找几个小朋友玩，不用我太多催促。其他方面也不会有太大压力，唯一可能就是说外面看着我放弃的职业（大学教师）有点可惜。但是，这个问题我考虑的时间比较短，衡量了一下我真的是在家里了，我会不会不接纳我自己？但这个纠结的时间很短。

现在这个状态我还是喜欢的。孩子出生以后其实挺忙，也没有时间去想特别多的感触，焦虑还真没有过。我想的是：第一，自己的状态要好一点，我不要那种很邋遢或者很不讲究的样子。接着，把女儿的学习管好，儿子的性格培养好，然后帮一帮我老公。比如说他会不会有压力，就他一个人工作嘛。他收入还是比较高的，所以问题也不太大。再者，我关注投资这方面，我一直比较关注这一块，这几年一直在做投资，收入可能比原来工作还要高很多，所以经济上也不是问题。

旁白：她思维清晰，良好的经济基础、稳定的夫妻感情也都具备，很快做出生二孩的决定。这在“全面放开二孩”前还是很需要勇气的。

为生二孩放弃职业，回归家庭

我以前那份教师的工作是一种慢性压力，无所谓上班下班，压力它总是在那里，总是要想我要做什么，然后你放松不下来。以前我会跟女儿发火，因为我要在有限的时间内，把这件事情给解决了。哄她好几个小时她都不睡，我就会很疲倦，因为我第二天可能还有课，就有点焦虑，可能对她发火，发了火又会觉得很后悔。现在没有工作上的疲倦了，我就可以很平静地去面对儿子，面对女儿，我觉得这是一个特别好的收获。

（*面对职业，当时是否压力多过快乐？*）应该说是快乐比较有限吧。因为快乐是比较纯粹的东西，比如说你跟学生可以交流，怀孕的时候，学生会跑过来给你买好吃的，或者下课的时候，学生会和你聊天。有时学期的最后一天，我就跟学生说，这个学期要结束了，我要去旅游。学生说你要多带手信回来啊。会跟他们开玩笑，这些快乐还是有的。然后就是跟同事的快乐，这个可以延续。好像几个比较好的同事，会有朋友圈的交流，我们隔一段就会聚餐。看起来除了一份固定的收入以外，没有失去什么。

以前的工作收入是较低的，我现在想拿到那种收入很容易。如果说工作是一个圈子的话，我的圈子从来没有失去过，因为后来在一起的同事都是朋友了，所以这个跟工作就没有太大关系。

反倒是我看了很多以前的同事，等于是被裹进机器的运转中，出不来，又不喜欢，被它弄得筋疲力尽。所以我没有太多遗憾，没有失去我觉得最重要的东西，得到的是我更喜欢的东西，所以就没有什么纠结的了。如果这是一份很好的事业，我特别热爱它，那么放下我会觉得挺难过的，但是没有太多这样的感觉，就无所谓了。

（你的父母和丈夫对你当时的选择怎么想的呢？）我老公觉得很好，这样的状态他也很轻松。我的状态好，他肯定轻松。以前两个人都工作，肯定就要讨论怎么分配家务的问题。那现在就没必要冲突，他就想想大宝怎么样，小宝怎么样，每天打一个电话，这两个宝宝怎么样啊？父母那边主要担心，一个就是说你们的经济地位发生变化，他们不太会去理解你们其他的一些收入，只看到你没有工作了，就觉得会不会受欺负？你自己会不会习惯？比较担心。然后他看到你没有这种情况，两个小孩子又很好，就不担心了。

（辞职后，你先生对家庭关系的理解会有变化吗？）没有，一直比较尊重我，或者说比较喜爱我的这种状态。我请了两个阿姨，一个阿姨带孩子，一个阿姨做晚上的家务，因为我晚上要去接他（老公）。孩子太小的时候，我觉得阿姨又要做饭又要顾孩子，所以我就多请了一个。我问他会不会有负担？他觉得多请一个阿姨好，大家都很轻松。

请两个阿姨这种状况持续了一年多，孩子还很小的时候父母在这待着，有时候可以帮忙看一下，后来父母走了。我觉得我不在的时候，她一个人会比较辛苦吃力，我不希望她太疲倦，一个人很疲倦的时候脾气就上来了，我不希望她带着脾气去面对孩子，而是很轻松地面对孩子，这样孩子的状态也比较好。所以阿姨就会比较耐心，从来不会对孩子发火。

旁白：晓容能够站在人生的转折点，完全按照内心意愿的方向做出放弃职业生育二孩、回归家庭的选择。这体现了中国当代女性对职业价值和家庭价值选择的自由和权利，是性别角色更尊重个体意愿的进步。

先生牵着我的手走过

（谈谈你怀二孩时的状态吧。）怀孕的状态还比较好。怀第一个孩子时，老公觉得没好好照顾我，有点歉疚，所以生第二个就有点补偿心理，再加上我年龄有点大了，就对我很好。他对我很好，我的状态就很好，又有经验了，就比较平静。现在想我太平静了，连外出都比较少，主要是安静地在家待着。我一直想如果当时多出去走走，儿子性格会不会再活泼一些呢？我儿子和我女儿的性格完全不同，也有可能是像爸像妈的问题吧，但是谁也不像啊。 我女儿比较外向，属于很容易high起来的那种；我儿子就安静一些，我希望他们俩换一下就好了。我在想是不是我怀孕的时候太安静了，他也就比较安静、秀气。

（**比较少外出，是因为担心外出会影响身体状况吗？**）一个是比较担心身体状况，第二个就是没放开，得多注意点。我觉得主要是夫妻感情要好，基本上外出走路，老公是牵着我的；坐在那看电视，他是牵着我的；有时候晚上睡觉躺在床上，他也是牵着我的，所以怀孕的过程就比较好。

（**好多人担心年龄大一点，怀孕会出现各种不良反应，你有遇到吗？**）检查是一定要做的，包括筛查一定要做。高龄以后，像"唐氏宝宝"比例会提高一点，这个我也做了筛查。我有点怕，所以就做了一个"羊水穿刺"检查，检查出来没事，就排除了。中间还出现过羊水太少，也比较担心，怕胎儿缺氧。也担心自身得糖尿病，主要就是这方面。胎教，我做得很少，我没有做过什么胎教。我后来看文章，说胎教主要是一种孕妇的情绪，情绪上是好的就是好的，所以平和的情绪就是胎教了。

前几天，有个朋友也在和我讨论这个事情。她也是大学老师，先生是北方人，很想再要一个孩子，她们也只有一个女儿，她的学历也很高。她很犹豫，首先是她不想生，第二个可能他们感情有问题。婆媳关系处得不好，先生是个大孝子，很难处。而且她也不想放弃职业，都博士后了。现在政策放开二孩，不用放弃工作了，但是前段时间不行，所以她辞职这件事情，两个人都不愿意。她先生也不太愿意把经济大权交到她手上，所以她就没有安全感。而且她对与先生的感情没把握。我和她老公说，你要她怀孕你就要给她安全感，你没给她安全感，你凭什么要求她那么多呢？现在放开，她说，唉，无路可逃。所以说还是要看个人意愿，如果强迫自己，这个事情确实就很困难。

（*怀孕之后，有什么好方法恢复身体吗？*）就是怀的时候不要吃太多。我怀小的，总共才胖了20斤，生完体重不会有太多变化。我当时担心糖尿病，所以饮食上也比较注意，少吃主食，糙米加大米，糖分比较低，多吃蔬菜，少油少盐。食物注意多样性，中午只有两个人吃饭的时候，菜就做得杂一些，几样菜一起炒。生了以后没有特别减肥。我现在会控制一些，晚上不吃主食，早饭就尽量吃蛋，吃多一些，午饭少油少盐。

旁白：在传统家庭文化中，生儿育女是为了传宗接代、养儿防老。在现代家庭文化中，养育儿女更多的考虑夫妻这个主干结构的意愿和能力。晓容因为夫妻感情稳定可期而愿意放弃职业生育二孩，先生在提供经济支柱之外，对妻子也照顾体贴有加。女性的家庭价值获得尊重，尊重、平等是现代女性对两性关系的基本要求。而晓容在访谈中提到的朋友，则因为没有稳定、高信任度的情感预期而生育二孩的意愿不强，更多面临父权制压力下女性履行生育义务的压力，这会让女性紧张不安。“一种表现，两种原因”，正体现了中国当下家庭观念新旧杂陈的现实。

香港医院对产妇的人性关怀

旁白：因为当时二孩没有放开，一批政策外生育者都选择在中国香港、美国生育，曾一度造成香港的产房紧张。

刚开始我也没觉得香港的医生有什么不同。我们找的是诊所，前面没有觉得医生很热情，就是比较专业，但后来生的时候就觉得比较好。

阵痛的时候，越来越厉害了，我一个人躺在那里，护士说给你放点音乐听。大概隔几分钟就会有人过来关怀你一下，问你怎么样？关怀比较细腻。生的时候，躺在床上等麻醉师，医生就开始安慰你说，不要紧张，很快就好，麻醉师很快就来了。进去手术室后，觉得特别冷。记得生女儿时，打完麻药特别冷，空调还对着我吹，床边的医生护士，男男女女的，就会在聊中午吃什么，觉得自己一个人被孤立，他们不关注你。但在香港就不一样，他们会问你怎么样，旁边一直有个护士陪你，问你冷不冷？当时是夏天，但我觉得冷，会感觉在发抖，因为那个是麻醉反应。护士就拿一个暖风的放在被子里，就没那么冷，她会很细致。硬件上你不会觉得人家特别好，但是人的素质就很好。人躺在产床上那几天的时间里，半个小时就会有人来问你有什么需要，怎么样，特别细致。

（家人可以一起去产房吗？）我老公陪我去，但不是我们主动要求的，而是她们流程上就已经设置好的，做得很细腻。还有就是要使用束缚带，我在香港的医院第三天就下地了。

可能内脏还没有完全复位，不绑着可能内脏会移动，有一次忘了我就一下子就晕了，所以绑束缚带很重要，对肚子的恢复会比较好一点。

（到香港找医院，是因为在内地没有准生证找不到医院吗？）这个是一方面，第二个就是，反正周围的朋友也在那里生，服务也比较好。（当时有没有想过到美国生？）太远了。户籍和国籍倒不是主要问题，反而不是广州户口有点麻烦。小孩现在户口不在内地，在香港。在香港生就是香港的户口，上学会有点麻烦。

旁白：香港医院的人性化管理和服务值得内地借鉴，产妇在整个医疗过程中希望可以获得作为人的尊重、关心和照顾。这一批提前进入二孩的家庭，第二个小孩的户籍一般不与父母在一起，要么在父母的老家，要么在中国香港、美国等出生地，这样就不能享受父母所在地的义务教育。在全面放开二孩之后，需要考虑如何给予这批儿童同等待遇。

弟弟是姐姐的小玩具

对我女儿来说，弟弟就像一个小玩具，经常会说小弟弟很好玩。以前睡觉前会跑进他的房间去，逗他玩。现在大了，青春期比较酷，不怎么搭理他，而且也比较忙。姐弟俩相处起来比较讲理，姐姐说这是我的东西不许动，那这个没有办法就只能够听姐姐的，就会比较尊重她。有时候单独带她出去，也会觉得独生子女的感觉也很好。吃饭的时候，女儿的话可能比较多，在那里不停地说，小的就会盯着我们说，想要得到我们的注意。

（**小孩出生之前，有和大的沟通过吗？**）出生之前，女儿曾经也有担心。看到我看电视里煮红豆沙之类的，她就会说，我知道你肯定是要把这个东西弄出来给小妹妹吃的，给小妹妹吃的，哼，我会生气的！但是弟弟出生之后就不会有这种情况。

有时候，爸爸没看好弟弟，摔跤了什么的，她就会跟爸爸大发脾气，然后就过去哄弟弟。对她来说，弟弟是比较宝贝的，有空的时候，有心情的时候，就会过来说你好可爱啊，你好可爱啊。没空的时候，她要进房间做作业，看着她进去以后，小的也想跟着进去玩，那她就不想和小的玩，不让进去，就会说妈妈那里有好吃的，让弟弟出来，就“砰”把门关了。

旁白：这时晓容给我看了手机里的照片，十几岁的女儿扎着马尾辫活泼大方，3岁多的儿子黑葡萄般的眼睛明亮可爱，两个孩子的家庭充满生机。

女儿的国内教育

我女儿的个性比较强。她现在心情不好，谁都不能靠近，青春期的古怪脾气。不过，情绪波动虽然有点大，但爆发完就没事了。我现在主要就是让她刷刷题，一提刷题她心情就不好了，或者她觉得在学校已经刷好了吧，但学校刷的题难度不高，真的很浪费时间，比如说语文，又是一篇课文讲一整天。有时讲一个礼拜吧，我就觉得为什么要这么讲呢？他们就是揪着一篇文章去讲中心思想、段落大意。她昨天说，妈妈，我的作文昨天老师拿去讲，老师讲我的作文为什么要这么写，但是我写的时候并没有这样想呢。老师就拿着文章这样去分析，很浪费时间。

（有了二宝后，你对大宝的教育理念改变了吗？有一种说法

是，只有一个小孩的话，会把所有的希望都压在这个小孩身上，就会导致小孩学习压力增大。有了两个，可能会放松一点？）没有太多想，我觉得主要是经济上的原因。如果经济上足够宽裕的话，那么她的选择比较多。像我哥哥的女儿读一个比较好的学校，那就去美国读高中，美国的学费是比较贵的，但是他们没有太大问题。物质上准备比较充分的话，主要是考虑她成长的问题。如果经济上压力很大的话，那么你对这个学校的要求就更高了，比如说，读一个公立好学校学费比较低，这些考虑就比较多。

（以前可能就是说不断去满足外部对你的要求，可能35岁是一个重要的阶段，我会想我要什么，不是别人要我干什么。我想家长对小孩的态度，也跟自己的人生态度和价值观是有关系的。）对，就是人生的一种状态，一种喜怒。如果你一直是疲于奔命的状态，那自然希望孩子不是这个状态，希望他发展起来，命运比你更好一点，发展的状态比你好一点。到你的晚年，他没有太大压力，你也没有太大压力。你就会希望小孩一定要怎么怎么样。如果你自己发展起来的话，那你就不会说把自身这个压力放在他的身上，他只是面对个人成长的压力。

（这几年，我有一个这样的感受：人要达到一种好的状态，一定是做你所爱的，一定是内心愿意去做的事情。我们的学校教育，小学、初中的教学就是小孩没有办法按照自己的意愿去学习，要盯着那个考试目标。对孩子长远来说，让孩子按照自己的意愿做事，会更好地成长。你要考高分去争取一些机会，但损害你内心学习意愿的话，那其实是一种伤害。小升初那一年，绝大部分小孩都在承受这种伤害。）从长远来讲，我们现在这么做，也不知道真的是好还是坏？我先生前两天和我说，孩子应该有个他喜欢的东西，特别擅长做的东西，因为现在职业特点跟以前不一样，有很多发展很好的自由职业，平台也跟我们以前不一样。以前可能要进到单位，在单位去发展自己。再过几十年，就更不一样了，很多网络平台也可以提供机会，关键是你是否有一技之长。应试特别损害孩子自我学习的意愿。

我在陪女儿小升初的过程中，时不时纠结一下，有点不知道自己在干什么的状态。我就跟她说，就这一个学期吧，下学期我们再争取调整下来。所以我也跟女儿讨论，我说你能不能提高你的效率，给自己留一点时间出来，喜欢看书喜欢画画。按现在这个状态，这些就没有时间弄了。所以看吧，每个人也努力想怎么去平衡它。因为每个人，主要是面对不确定性有点担心。

（其实，我们未来的社会会有越来越多的不确定性，最好的状态就是你对不确定性怀着一种探寻的乐趣。任何事情都不能过多地压抑了人的这种主动性。小升初这种压力，把所有的小孩逼到要去讲究几分的排名，对所有的孩子都是一种压力和伤害，你学得好也浪费了时间去磨那几分啊！）对！现在很多这样的观点，而我现在引导她从另外的角度去考虑，没有特别强调分数，我强调这几点：第一个就是你通过自己的努力，拿到这个成绩，这个快乐是妈妈没有办法给你的。比如说，这几次她在班上平时成绩排名会比较好。以前她会说，妈妈，我考得很好，你会不会给我买东西？我说如果你需要我就给你买。到了五年级的时候，她拿到这个分数就会很开心，然后她也没有想着要妈妈去买东西，但是我就会问她，要不要买什么东西庆祝，她说不需要。然后我就说，是妈妈给你买东西比较开心，还是说你今天看到这个成绩比较开心？她说看到这个成绩会比较开心。我说，你看这个是妈妈没有办法给你的。第二个就是你要培养自己的毅力。这个世界上没有什么是你不付出，就能拿到的。不要去和别人比聪明，你要比的是努力，这个观念是要有的。我说聪明不聪明这个东西不重要，也没有太大的差别。妈妈活到这么大，也没有见到什么天才，重要是你要努力，这个东西可能比较重要，能给你带来快乐。比如钢琴，是你想学就可以学下来的，然后长笛你想学你也是可以学得下来的，但是你没有。如果你每一件事都是这样的话，以后可能会比较遗憾。我说你是想进一个好的学校，还是一个不太好的学校？她说想进好一点的学校，那么你就要为这个目标去努力。这件事情不是说像学钢琴那样上到一个点你就烦了，你就放弃，这个不行。现在的话就只能从这两个角度去告诉她了，不然的话这场准备就真的是一种伤害。

现在也在帮小孩选初中。有一所学校，是广州最好的中学之一，有朋友孩子在那里读书，听说平均每天6个多小时的睡眠，最晚的时候作业做到凌晨3点。我觉得这个状况太恐怖了，小孩子太辛苦了。

旁白：女儿的小升初是晓容目前关注的重点，讲到这个话题时她的声音由温婉变得激烈有力，靠在沙发上的身姿也转而前倾。小升初是妈妈们的焦点话题，是小孩们第一次面对残酷的分数考验，是父母们第一次深刻体会应试教育的伤害。对教育的理解和期待与父母对人生的态度，与社会各界对社会发展趋势的预期及期待息息相关。同时对小孩教育的焦虑和担心，也是影响很多家庭生育意愿的重要因素。在这样一个快速变化的时代，社会期待更为丰富、多元、有弹性的教育体系，引导小孩主动学习和探索，用兴趣、毅力和弹性去迎接这个快速变化的高风险社会。

儿子的国际教育

（在女儿身上的这些体会和经验，是否会让你对儿子的教育有一个更为清晰的想法？）会，小的可能走的路子都不太一样。

像现在他读幼儿园，我就没有把他送到那种人多的幼儿园，而是每班15个小孩。其实也没有想象的那么好，虽然有外教全天跟，但是我发现它也有一些弱点。

（*弱点是什么呢？*）我昨天和他们的园长说，我观察到一些问题，这些孩子上了两三个月的学了，但是小朋友似乎还没有形成那种伙伴关系。你想小孩子熟起来是很快的，你和我玩得比较好，我和你玩得比较好，有这样一种寻找朋友的互动。但是我观察他们班上的小伙伴还是处于谁也不认识谁的状态。我说怎么会这样呢？是不是你们在教学的设置上缺少互动的环节，小朋友安静地在那画画、做手工，吃饭也保持安静，睡觉保持安静，缺少彼此的交流、冲突、互动的环节。做操也各自做。这样在教学设置上有些问题，属于经验不足，可能因为他们成立的时间不长。

它的好处就是它的活动比较丰富，经常会让孩子去参观博物馆、消防局，或者搞个Party，就像万圣节Party。这些可能对孩子的眼界会有好处，但孩子的交流也还是很重要。再有眼界，人与人之间还是要有交流吧？还是要有圈子嘛，那么小的孩子，实际上也是希望有自己的圈子的。这方面我就觉得他们做得有点弱。

还有老师，我说老师在心理学、在如何与孩子沟通上还要培训。比如说我儿子刚刚去没几天，他会哭，会在入园之前再要妈妈抱一抱，老师就说不要抱，你抱了以后会更舍不得。我说不是这样的，还是要先满足他情绪和情感的需求。孩子会尝试跟你分离，然后再回来试探你，然后觉得没问题，他又尝试跟你分离，这是一个逐步的过程。不是说一下子砍断了，他就走开了。然后，另一个小孩可能5月就去了，已经适应，他就自己进去了。老师就说，你看奥斯卡多好，他自己进去了，我们要向他学习。我就直接跟她说，如果你连这样尊重个体差异的概念都没有的话，你就配不上这个硬件，配不上我交的这个学费。我交这么高的学费来读幼儿园，一年6万多，除了看你们的硬件之外，你们老师的素质还是要在那里才行。

我还在了解另外一个学校：在家书院。这个创办者的先生是台湾人，生了三个孩子，第一个孩子读国际学校。后来她发现，国际学校也不是她想象的那么好，管得松散，对学生没有什么要求。人生是应该要有要求的，就是说每个阶段是怎样，你还是该去努力的。所以她自己就创办了这个书院，“在家”就是一个国外的在家理念，“书院”就是传统的勤奋、友爱、耐劳，这些理念还是应该给孩子的。她就把这两套结合起来。她会有这样一个理念，知道孩子需要什么东西，这个很重要。我不是把孩子放在这里学英文，不是让他找个地方托管，我还是希望有这样一个群体，有这样一个理念在里面，那他这个创办者是有一些想法的。**（首先有理念，第二就是他执行理念的一个能力。）**对！这个东西是一个文化的东西，需要慢慢去改，包括我们对孩子的方式需要慢慢去改变。

我觉得幼儿园让他上美国人的学校这一类的，小班教学，老师会有爱心一些，会经常去抱孩子、抚摸孩子。交费比较贵，家长也有要求的。但小学以后，我就希望他在公立学校，小学他的心理承受力比较强，受一点挫折，问题不大了。发生什么事情，他也可以说出来，我也可以引导他。

旁白：因为体制外生育二孩不能享受便利的公立教育，促使家长更多地关注国际教育，同时也顺应了中国日益国际化的发展格局，促进了大城市国际教育的发展。这些体制外的另类教育办学更为自由自主，探索引进了不同文化的办学理念，不仅给予家长个体更多选择，也促进了多元化办学的发展，并促使公立教育改进。

后记

晓容原本是一位大学教师，在几年前辞职生育二孩，为生育二孩放弃了看来不错的职业，但她认为放弃职业并没有失去自己认为重要的东西，而且获得了更为轻松自在的生活状态。她38岁准备生育二孩，此时家庭经济不错，夫妻感情稳定融洽，顺风顺水地生育二孩，儿女双全。现在大女儿小升初，小儿子刚上幼儿园，她管理好女儿的学习、引导好儿子的性格养成、支持先生的工作，同时打理自己一直关注的理财项目，获得不错的收入。最近，她买了房子在装修，期间对设计产生兴趣，正想着可以去学习设计。她对现在的生活状态比较满意，轻松、有弹性、有按意愿发展的空间。随着社会的发展，就业机会和形式会更为丰富，人们的工作形式会更有弹性，可以与家庭生活更好地调适。对女性来说，阶段性回归家庭生育小孩，然后再出来工作也会更为常见。这一方面使女性可以更从容地面对生育的时间和精力的要求，但另一方面也可能强化对女性就业的歧视。从欧美的发展方向来看，制定更有利于两性平等参与子女抚育的社会政策，使两性都能更为弹性地面对工作和家庭是最近的发展趋势。

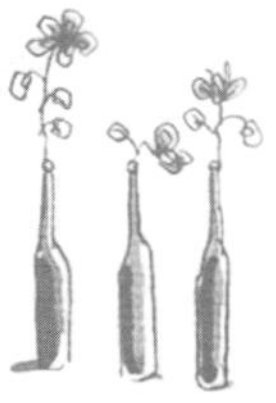

女儿伺候我坐月子

／汤秀娟／

题记：几年前与仲曾有一面之缘，但时至今日无论如何努力回忆，始终记不起她的面容，更难将她与一个45岁刚生育二孩的高龄产妇联系起来。通过她同学玲的牵线，我们相约于德政北路的一家湘菜馆。在一个较安静的位置坐下后，玲再次打电话给仲，她没有接电话，玲有点着急，怕仲记错了时间。我也有点担心，45岁刚生下二孩三个多月，她应该还处于非常忙乱的状态，忘记约会实在太正常了。就在我和玲正在闲聊时，仲迈着大步走到我们跟前。

她穿着浅紫色套裙，胸前背着婴儿，手里提着妈咪包，梳着短小的马尾辫，干净利落。还依然粗壮的腰腹恰到好处地将整个BB安稳地托着，三个多月大的婴儿紧贴着妈妈丰腴的胸脯正贪婪地酣睡。仲虽然化了淡妆，我也已做好了心理准备，迎接一个不修边幅的妈妈，但第一眼看到她时，我还是小小地吃了一惊，

她给我的第一感觉竟然是：这是一位年轻的外婆背着刚出生的孙子。可能是她不太白净和红润的脸色，也可能是刘海处些许的脱发和花白，又或者是那没来得及恢复的丰腰厚腹。顿时我心中不禁微微有点凉也有点怵，然而接下来她的侃侃而谈产生了强大的正能量，气场迅速逆转。

坦然道出：我是三个孩子的妈

“你想听真话还是假话？”一坐下来，仲就直接向我发问。如此开门见山，我与玲有点惊愕，但我们迅速回过神来，当然是听真话了。“我是很直接的人，我告诉你，我有三个孩子，怀里这个是我的第三个孩子。因为怕别人说我是另类，生这么多，所以除了我的亲戚外，其他人我都不说。我先生是梅州客家人，我是地道的广州人。我俩都很喜欢孩子，相比先生，我更喜欢一大家子很热闹的感觉，尤其是老的时候，有儿有女，什么事情都可互相沟通，互相关爱。像我们父母那一代，有四个儿女，逢年过节，或者哪家有个病痛不适的，都可相互照应，我很向往。”

仲的先生曾经当过四年义务兵，复原之后在国企工作，在她的鼓励下，1992年起他尝试做些生意，有一定基础后直接跳出来做生意。仲1991年从护理学校毕业后便分配到医院工作，结婚两年后（1994年）大女儿出生，因属于体制内，从政策的角度已不允许再生，但她一直不死心。

2008年仲主动辞去医院的工作，加盟一个品牌化妆品公司，成为一个独立经销商，因此重获了生育自由。她与先生商量再生孩子的事情，但先生并没有明确表示支持，可能是觉得压力太大，他甚至很知足地安慰仲，女儿乖巧懂事，她健健康康就可以了。但仲的心中有一份坚持，也就在这种有意与无意之间，几个月后仲发现自己怀孕了。先生很担心她的身体承受不了，毕竟仲已经38岁了，但自信的她反过来安慰先生，并成功说服了他。她并没有忘记听取大女儿的意见，那时大女儿已经14岁了，正在读初二。仲对大女儿说，想给她添一个妹妹或者是弟弟，让她有一个伴，陪伴她共同成长。没想到大女儿非常高兴，就这样2009年仲39岁时，二女儿顺利出生了，一家人乐开了怀。

2014年，上天再赐给仲一份大礼——她又怀孕了。所以2015年8月，大女儿21岁、二女儿6岁之时，就在仲结婚23周年之际，她再次顺利产子，这就是仲的第三个孩子，“我45岁再当妈。感恩！”仲说。

追求自由：我想出去看看

很多人以为仲是为了生孩子才跳出体制，其实并非如此。仲1991年毕业后一直在专科医院工作，她是一个有爱心的人，很喜欢护士这份工作，虽然辛苦，但能帮助别人，她特别有满足感。她还是一个很有上进心的人，2001年还在职攻读了护理大专，同时还获得行政管理专业的大专毕业证书。在工作中，仲的能力得到了认可，人际关系也处理得非常好。但是，长期的高强度劳动也给仲的生活带来了很大的影响，比如常年便秘。

就在2004年，仲接触了一个化妆品牌，她很欣赏这个品牌的经营之道和价值理念。经过慎重的思考，她在2008年向单位提出辞职，离开了工作17年的医院。很多人都觉得她傻，已经年近40岁（38岁）的女人，居然选择离开稳定的事业单位，放弃人人向往的铁饭碗，自己出去闯荡。但仲需要自由，总觉得外面的世界很精彩，她想要出去看看。讲到这里，我会心一笑，可能她意识到这和那句很火的话相当接近，“世界那么大，我想去看看”。她并没有刻意模仿当下的流行语，这是她的肺腑之言。她非常明白，如果40岁之前再不离开，她就永远无法领略到拥有自由的富足。辞职的勇气少不了她先生的鼓励。当她把辞职的想法告诉先生时，马上得到了先生的支持，他还鼓励她，他已经有一定的事业基础了，有能力支持她追求自由。于是，她义无反顾地走向新的领域。

2008年离开医院后，仲很快就怀孕了。从2009年二女儿出生到2015年小儿子出生，离开医院出来闯荡的七年时间里，仲一共生了两个儿女。她觉得，这是一种缘分，她很感恩。而在职场上，她工作的宗旨是指导女性发现美丽、培养美丽和展现美丽，美由表及里，从个体到家庭，因为热爱和认可所以很投入，真诚的沟通让她成为很多美丽女性的知心朋友。为了工作的便利，她还学会了各地的方言。在自己的努力下，她在广州、兴宁、梅州等开设了多间工作室，以她的名字命名。仲的父母相当支持她的事业发展，仲很感恩父母为她取了一个秀丽而坚强的名字。在仲看来，这个名字赋予了她美丽与坚强的特质，使她因自信而美丽，因勇敢而坚强。

2009年，仲怀孕八个多月，因工作需要还要赶赴梅州。工作那几天，着急的小女儿等不及，在梅州降生。仲是一个相当勤奋的人，尽管生和养孩子很费精力与时间，但她从不让工作落下。2015年8月，刚生下儿子，还在坐月呢，她已开始工作了。儿子满月后，她还背着儿子去兴宁、梅州工作，她不休产假，但她很满足、很快乐。

勇敢选择：一切源自爱

“这三个孩子是我一生中最大的财富。”仲这样形容，她认为自己也是同龄人中的少数派。她也承认，她是幸运的。可是，她的幸运又是有迹可循的，因为她一直都很有勇气，而这种勇气源于爱。她说，做事如果思前想后，顾虑太多，最后必然只会一场空。

她与先生相识相爱25年，结婚23年，原来各自有单位，后来先后跳槽，独自打拼，互相激励，共同进步。期间有过吵闹，但感情依然如初。仲说她的先生真的很爱她，处处为她着想。她的先生是梅州客家人，而客家人有多子多福的传统观念，而且很重视男丁，但仲的先生从来没有对她提出“一定要生男孩”的要求。2008年跳槽后，仲表示想再生一个孩子，她先生考虑到第一胎女儿是剖宫产，而且她当时已经三十八九岁，怕影响她的身体，不希望她再生，还幽默地开解她说：“美国总统可以多生也不生，不也只有一个女儿嘛，我们作为普通人家有一个女儿就足够了，我不想你太辛苦。”

仲说，她其实知道，如果当初可以选择，先生是希望多要一个小孩的，更清楚只生一个是先生慎重衡量后的决定，是对她深深的爱的表达。面对这份真挚的爱，她很感动，但还是决定勇敢尝试，以回报先生的爱。于是，仲运用自己熟悉的专业知识说服先生：只要身体健康，尤其是已生育一胎，三十八九岁再生育也不会有问题，至于第一胎剖宫产，以现在的技术再剖宫问题也不大。仲的自信和决心打动了先生，他同意了她的决定。仲的第二次怀孕很顺利，先生也体贴入微，对她的生活起居关怀备至。因为没有任何的不适，身体各项指标也很正常，仲怀二孩时像怀第一个孩子一样，照常工作，快生产时还到梅州出差，结果二女儿就在梅州出生，也是剖宫产，过程很顺利，母女平安。

二女儿出生后，仲的先生更投入工作了，他说多养了一个小孩，自然要加倍努力。但无论多忙碌辛苦，都能依时下班，回家后更承担了大部分的家务。家公家婆更是将仲视为女儿，特别积极帮忙带孙女，让仲得以尽快恢复并投入到工作中。对仲来说，第二个女儿的降生，如此的自然和幸福。但不知是自己的世俗任性，还是对家人深爱的感应，被包裹于温馨之中的仲，内心深处总有一种隐隐的遗憾和企盼。

如果不是家公的离世，这种隐隐的遗憾也许不会被激活。2013年1月，仲的家公病重，弥留之际将她与先生叫到床前，感谢她为家庭所做的一切，要先生一辈子对仲好。仲很悲伤也很感动，泪水不停地流。仲的家公还说，一辈子没有什么遗憾了，就是缺一个男孙。这一句话在气若游丝的家公嘴里说出来，却像一个精尖的钢锤重重地敲击着仲的内心，将潜藏在她心底深处的遗憾感撞击了出来。

送走了家公，仲主动找先生详谈，表达她想再生一个孩子（男孩）的愿望。这次，先生说什么也不答应。他觉得这会让仲承受太大的压力和责任，再加上仲的年纪偏大，风险无法预计，所以坚决不同意她再次冒险。但仲心意已决，坚定地认为只要母体健康，再生一个也没有问题。人的健康取决于自己的心理，如果自己有信心，四十四五岁再生没有问题，于是她决定“先斩后奏”。

仲的先生一向有良好的饮食习惯，从不吸烟喝酒，早睡早起，为她的计划实施提供了良好的条件。说到这里，仲不经意地流露出得意的表情。2014年底，仲终于成功怀上了第三胎。但当她将好消息告诉先生时，先生惊恐之余坚决反对，尤其是怀孕初期她的不适非常明显，因对她的身体非常担忧，不断做她的思想工作，极力劝说她做人流终止妊娠。但仲不为所动，她先生最后还动员仲的父母、舅舅和婆婆劝说她放弃。可是，仲始终对自己充满信心，她告诉亲人们，她的身体是健康的，精神是愉悦的，她还年轻，孩子在她的身体内能感应到她的自信，第三个孩子一定是健康的。既然上天给她这个机会，她就不会放弃。先生被她的坚定打动了，只好欣然接受。

仲第三胎的怀孕过程相比前两胎更为辛苦，期间还出现了高血糖和贫血等高龄产妇最可能出现的症状。她前三个月基本卧床，所有家务由先生和大女儿承包，而上一年级的二女儿则交由奶奶照看。在先生和家人的精心呵护下，小宝贝在仲的体内慢慢长大，当四五个月出现胎动时，两个女儿也会情不自禁地伸手过来抚摸小宝贝，感受生命的奇妙，偶尔小姐姐还对着他（她）轻轻吟唱。此情此景，仲告诉我，这是她最大的满足，最大的骄傲。

特殊月嫂：大女儿照顾坐月子

在全家人的期盼下，2015年8月4日，仲剖宫产迎来了第三个孩子，是个健康的男婴。“他很会挑选出生的日子了，那时刚好是暑假，大学三年级的大女儿自愿挑起了照顾我坐月子的重担，在我的指导下成了一名特殊的月嫂。买菜、做饭、洗衣、喂奶、煲汤、煮姜醋……就连帮忙照看婴儿，也都做了，居然做得像模像样。”仲幸福而满足地说。

仲的大女儿已经21岁，在广州一间高校读本科，外语专业。她从小就学会了自立，乖巧伶俐，很能干也很有爱心。就在她14岁时仲打算怀第二孩，当时真的害怕她不接受，因为她从小集万千宠爱于一身，仲担心她变得孤僻、自私、冷漠，希望尽力改变她的成长环境，让她学会独立，敢于承担责任和懂得关心他人。这也是仲决定再生一个孩子的重要原因。

仲和其他父母一样，心中也充满了疑虑，一个在独生子女环境下成长的女孩，能接受一个小弟弟或妹妹吗？长期已形成的独生子女人格还能被改变吗？相差十多岁的同胞之情能融洽吗？

仲曾听过很多独生子女因为反对父母再生育而做出反常行为的事例。仲的担心让我突然想起娘家一个与我同姓汤的大姐的故事。这个大姐年近50岁时怀上了二孩，大学毕业已工作的女儿反应特别大，天天哭闹坚决不接受妈妈再生，结果这位母亲无奈忍痛放弃，她当时的不解与心痛表情我至今难忘。仲继续说，她觉得这是父母在日常生活中不懂得与孩子有效沟通和正确引导的后果。

仲和先生很重视大家庭生活，经常与兄弟姐妹相聚，有意无意之间为大女儿创造了一个乐融融的环境。仲非常重视与她的沟通，有意识地培养她的爱心。既出乎意料又惊喜的是，2008年仲第一次对女儿说想再生一个孩子时，她欣然接受了。小妹妹出生后，大女儿还开心地告诉班上的好朋友，她有了一个妹妹；妹妹开始学走路那段时间，每到周末便带妹妹到处去玩，动物园、游乐场等都留下了她们姐妹俩的欢声笑语。仲相信了，原来15岁的年龄差并没有阻碍两姐妹相亲相爱。小弟弟出生后，相差21岁的大姐姐更是当起了“月嫂”，既照顾妈妈，又照顾弟弟。21岁的年龄差距，完全是两代人的距离，但看着姐姐细心地哄弟弟入睡的模样，仲的内心涌起了一股幸福的暖流。

用爱培养：让先生成为超级奶爸

想生就生的勇气，除了爱的力量，还与先生用实际行动的支持和配合密不可分，家是夫妻两人同心协力的结果。仲生育了三个孩子，但并没有离开职场，相反她的事业和先生的齐头并进。她经常开玩笑说，孩子生得越多家业越旺。

这样的一个大家庭，家务由谁来做？结婚以后尤其是生儿育女后家务事开始杂乱繁重，因婚后家庭事务理不清最终导致矛盾重重甚至夫妻失和的不在少数。为了调和矛盾，现代女性往往做出牺牲，要不顾及家庭退出职场，要不侧重于职业发展，不生或少生，很少人有条件做到两者兼顾。仲是幸运的，她生了两三个孩子竟然还稳守职场，甚至不断向前推进，这都得益于她先生对家庭事务的共同分担，以及对她事业的支持。

刚结婚时，仲的先生不会做饭，却自觉承担起做饭的重责，一做就是23年。有时仲比先生早下班回到家，婆婆会习惯性地对她说，她儿子做的饭好吃，等他回来再做，你先好好休息一下。婆婆的“纵容”，先生的疼爱，仲很少操心做饭等家务事，而先生则成长为家里的“大厨”。第三个小孩出生后，除了大女儿的帮忙，先生也会给小孩洗澡和喂奶，所以尽管45岁再当妈，仲依然很潇洒，最起码不用愁帮手。有时仲需要外出工作，想带上刚满月的孩子，先生觉得她会很辛苦，孩子也会劳累，便不允许，仲发现他居然可以一个人就把孩子照顾得妥妥的，一点也不比她差，是一个深藏不露的超级奶爸。仲很感叹，好丈夫是要用爱培养出来的，现代女性必须懂得培养做家务、带孩子的丈夫，才能把更多时间和精力放在事业上。

因为自信：天生我材必有用

俗话说愁生不愁养，只要生得健康，养育就不是难事，仲赞同这种说法，不过她认为难与易只是相对而言的。供书教学自然是难事，尤其是三个孩子。有人曾做过大概的估算，在广州养育一个小孩直到大学毕业，最少需要200万元。如此大的成本，她愁吗？仲回答说，养孩子的成本取决于如何养。

“孩子的培养没有既定的模式，主要取决于你想将孩子培养成怎样的人。我一直认为，孩子身心健康是最重要的，学习上尽力而为就可以了。所以我不为小孩择校，两个女儿上幼儿园、小学都是就近入学，没有为择校花一分钱，再好的学校也有差的老师，再差的学校也有好的老师，所以我觉得无必要择校，学得好不好主要决定于孩子自己。”仲持这种观点。她的大女儿由小学到大学都是凭能力考取的，她从来不给女儿施加压力，女儿现在读的大学也不是名校，她也不觉得没什么不好。不过，她会强调培养女儿的能力，身心要健康、懂得处理好人际关系。大女儿并没有辜负仲的培养，她在学校是团总支书记，能力好、责任心强，也已经考取了教师资格证书，明年毕业就可以去做老师了。仲也支持大女儿和自己一起生意，不管女儿如何选择，她都尊重女儿的选择。

即使是课外兴趣班或者补习班，仲也一向尊重女儿自己的选择。两个女儿对舞蹈感兴趣，就送去学习舞蹈，她们不想学了，就不再上课。现在很多孩子都上补习班，女儿也曾回来跟她说，她也照样交给女儿们自己决定。她非常重视与孩子的沟通，不想将自己的意愿强加在孩子的身上，因为她一直都相信“天生我材必有用”，只要对自己有信心，肯努力，必然会成功。人生是一个不断前行的过程，人只管不断向前走，没必要想太多。有时候，想得太多顾虑就多，制约也会多起来，束手束脚无法前行。办法总会比困难多，少点瞻前顾后，行动果敢点，才不会后悔。

后记

人如其名，仲是坦诚的，有爱的，也是坚强的。我欣赏她的果敢和自信。为了追求自由，仲在38岁“高龄”时毅然跳槽，离开人人羡慕的事业单位，重新创业，并在39岁生下第二孩；为了爱，她坚定地在45岁生下第三胎，她不否认她对孩子的热爱，也不回避对生男孩的渴望。在她女性躯体下包裹着的是不同寻常的坚强的灵魂，敢想敢为，豪情万丈。

在这个男权社会里，因社会分工与评价标准的差异，女性实现同等的目标要比男性付出更多，在充满竞争的角逐中每每处于弱势。身为母亲，我不轻视女性，因为她们一头系着家庭，另一头牵着事业，举步维艰，小心翼翼；身为已生育女儿的母亲，我更是怜爱和心疼她，因为知道女儿未来的路一定不会好走。为此，数位已生育女儿的母亲（访谈了数位大学同学，现为中学老师），尽管已稳步迈进40大关，但面对迟来的政策，反应异常强烈，似乎看到了一线的生机，她们再生一个男孩的愿望相比她们的丈夫要迫切得多，可能是因为只有儿女双全，才能抚平其内心的失衡与不安。然而她们又会深深地陷入纠结，因为生男生女全凭天意，而且40多岁，停止孕育也达15～20年，能否培育出健康的孩子也不敢盲目自信。

另一个让我们纠结的事情，就是孩子的教育。仲的潇洒有其自信的缘由，当然也有要求的差异。人的幸福感并不会随学识与财富的增加而提升，其实见识广了，选择也就多了，选择太多本身就是一种痛苦。40多岁的女性，家庭相对稳定，经济条件较为成熟，教育孩子有一定的经验。但是在这严肃的教育问题上，她们又何以做到听之任之，不择校？不参加课外训练？不上补习班？不上名校？放眼近年火热的早教课程、国际学校和竞争日趋激烈的层层升学选拔考试，真叫人眼花缭乱，心力交瘁。只要你曾经陪伴孩子走过上述的每一阶段，身为妈妈的你都能深刻体会到其中的艰辛与苦楚。试问一位奔五的中年妈妈，如何与二三十岁的年轻妈妈比精力？或者勇敢地选择再走一次。相比仲，我们真的缺少天生我材必有用的雄心壮志，也真的难以做到只顾不断往前走的洒脱。只能说，什么年龄就做什么事，错过了就再也难回头。

不要灰色的人生底子，不做全职妈妈

／颜　早／

题记：她是我的小朋友，比我女儿大不了几岁，说不清什么机缘，我们成了忘年交。当然，不像我的传统而保守，她是一个时尚的女子，潮流的触觉和衣着品位都挺高的，平时总走在服饰潮流的前头，非名牌不穿，就连怀孕时，也不忘得体打扮，成熟孕味无比迷人。听到我的采访要求，她一口就应了下来。2015年11月中旬一个阳光明媚的上午，她接受了我的采访。为尊重被访者的意愿，姑且叫她佳佳吧。

宁愿辞职也要孩子，困难接踵而至

（你儿子好可爱，他是你和先生计划中的吗？）不是啊，完全是不期而至。我患有子宫肌瘤，对月经周期有影响，平时月经总是推迟，那次就是钻了安全期不准的空子。开始时我们不相信，想以前都好好的，这回怎么可能？我买了早孕试纸测试，是阳性，还不相信；30多天时，肚子开始针扎样地痛，一天一两次，我知道坏事了，因为第一胎也是这样，有经验了。

接下来就是怎么办。我是50%想留下；问老公，他不敢表达意见，说我想要就要，不想要就等政策放开；问女儿，她特别高兴，因为她一直想要一个妹妹，她双手拍在床上，面朝南方叩头，嘴里念念有词："老天爷，你给我一个妹妹吧！"（她这么小，只有6岁，怎么会有这样的举动？）想必是《西游记》看多了，70多册画册都看完了，还听"孙敬修爷爷讲故事"，觉得孙悟空、如来佛无所不能。

主要就是女儿的原因，是她迫切的心情触动了我，让我决定留下这个孩子。我想，既然来了，就是天意，就该让他（她）留下来。孩子比工作重要，政策不允许，大不了辞职，工作可以再找，年龄却不饶人，这次不要，再生就大了，等到孩子20岁时，我都60岁可以当奶奶了。我决定留下时，老公是不想要的，他怕我辛苦，怕我受不了，而我一辛苦，就会对他发脾气，但他尊重我的决定。

我爸爸妈妈知道我怀孕的消息，一方面高兴，一方面心疼。爸爸小心翼翼地说："去做个B超吧，如果是女孩就流掉，男孩就留下。"我听了心底里鄙视他，没有去做这个B超，男孩女孩我都要。

可是留下来困难更重重啊！

首先是去“跑证”。我不是独生子女，老公小时候是被他姨收养，他姨只有他这个收养的儿子，老公便回到家乡去办独生子女证，但因为当年没有正式的收养手续，跑了几次，这事也没办下来。怀孕后的第2到第4个月，就一直在跑这件事，当时想此路不通再考虑其他的路。但其他的路走起来无比地艰难甚至辛酸，我都做好了辞职的准备，最后总算走过来了，一言难尽。

然后是做唐筛检查。去年我怀孕时是34岁，差200个点就到唐筛高危的临界点。唐筛是必须做的，但采取什么方式，却很伤脑筋。唐筛检查有两种方式，一种是无创DNA检测，一种是羊水穿刺。无创检查5个染色体，有90%多的正确率；羊水穿刺检查全部染色体，正确率是100%，但有一定的风险性，有可能造成宝宝流产。我很纠结做哪种方式的检查，在省二院，当医生告诉我说要做羊穿时，我哭了，打电话给老公。老公马上搜资料，建议我做无创，还说：“我们俩都这么健康，小孩不会有问题的，做无创就足够了，但主意还得你自己拿。”我又问护士进行唐筛检查的多不多，护士翻开记录本告诉我：“35岁以上、临界高危的孕妇做这个检查的有不少，但发生问题的很少，1800元买个放心吧。”

我在小区有一个朋友，35岁，她老公40岁，属于高危，必须夫妻两人一起去医院检查。当时他们很纠结做哪种，最后是选择了羊水穿刺，结果没事。在我也纠结到底做哪种检查的时候，她讲了她的故事，以过来人的口气对我说：“当时觉得天都要塌下来了，但走过去了，就是小事一桩，云淡风轻。”

听了这么多意见和故事，我心里有了主意，就做无创。其实我在心里就一直觉得，我的宝宝是安全的，但又不能不做，万一呢，万一有事怎么办？最后我就做了个无创，抽血，送去深圳检测，20个工作日后，结果回来，果然指标都很正常。

高兴的是，我几乎没有孕吐，宝宝始终很安静，好像知道我的难处。第一胎时完全不是这样，那时我吐得很厉害。

二孩让我淡定坚强，老公变得顾家

真的是很神奇，有了第一胎的经验，怀第二孩时，人就变得很淡定，不慌张。整个怀孕过程，我经历了重感冒N次、出血2次，换作怀第一胎，我一定紧张死了，可是这次一点儿也不担心。感冒时，我不吃药，只是多喝水多睡觉，用自身抵抗力扛了过去；出血时，也不去看医生，因为我觉得医生会吓唬你，会让你紧张。

（*那你就硬扛？有采取什么措施吗？*）我会上网，查看各种怀孕和育儿网站，我觉得妈妈们的解答有时候比医生的更有效，妈妈们的经验更有用。她们会告诉你，一般出血情况分几种，每种的症状和处理应该怎样。我自己对照做了分析，觉得问题不大。记得怀孕五个月时，我们一家和朋友一起开车去惠州海边玩，第二天早上发现有出血，我一点儿不紧张，我数胎动，感觉胎动得很正常，孩子就肯定没事。我只是没有再出去玩，在宾馆里躺着，还将这事发了朋友圈。午饭后回广州，我又在车上躺了3个小时。回到家，身上还是会有黑色的东西流出来，我又躺了两天，正常饮食，连医院也没去，两天后就一切都恢复正常了。

怀二孩还让我很独立。怀第一胎时做产检，肯定是要老公陪着去，二孩时他陪的时候屈指可数，只要重要场合陪就可以了，一胎时如果他这样我一定闹翻了。

（**这跟婚姻几年的成长有关系吗？**）有，婚后我成长很多。刚结婚时，觉得男女平等，家务事男女对半，但实际上不可能。有了孩子后，抚养孩子，天然地妈妈承担的责任多，80%的事情是妈妈在做，家务劳动分工的问题是慢慢地被逼无奈地解决的。过程中，我自己的独立性也变得很强了，所以怀第二孩的产检，老公有陪过，但很多时候是自己去，一个人能搞定就一个人搞定。而且，说实话，产检区男的也不能进去，看到门外推挤着这么多男的，心里就很烦，还不如自己一个人干净利落。

但有学心理学的朋友建议我，一定要老公多陪，说这样的婚姻才正常。我把这话告诉老公，他听进去了，尽管他要打理公司，很忙，不加班是不可能的，但他会尽量推掉应酬，回家来陪我和孩子。有一次，一个深圳的老板打了三次电话让他去喝酒，他都明确告诉对方要在家陪老婆孩子，硬是没有出去。女儿听到了，对他说："爸爸，你终于懂事了！"

儿子出生后的一个周末，老公参加同学聚会到深夜11点还没回来，我等啊等，忍无可忍给他发信息："我又要辅导女儿写作业，又要深夜起来给儿子喂奶，还要忍受你这个影子丈夫，你以为我是女超人吗？"尽管他到凌晨1点才回来，但这以后还是有不少改变的：以前他总忘记搬儿子的摇床上楼下楼，现在他会每天自觉搬上搬下；以前深夜孩子哭时他不会醒，现在他会赶紧起来抱哄；以前周末送女儿去少年宫，都是我送，现在他负责送，即使加班也接送，不加班时就在那儿陪着。

（**对啊，女人有了愤怒就要表达出来，决不能忍着，然后又当怨妇。**）是的。要不然他们记不住，印象也不会那么深刻。但其实很多事还是我们女人付出得多。前两天和老公讨论生二孩后，谁付出得多的问题，我觉得我付出的比他多得多，他只是回家来逗一逗孩子，真是太过分。我对他说，你总这么加班，我宁愿你去做优步司机好啦，他说，那就养不活你了。我故意气他：那是，你有了养活我的目标，才有赚钱的动力。当然想想也是，有了他那样拼命，我才能那样花钱啊。

（你老公已经尽了最大努力了啊！）我觉得还不是最大啦，还有不少改进空间。当然，再坚强、独立，人都还是有脆弱的时候，有精神压力很大的时候，尤其是生完宝宝后，一下子增加了很多事情，身材也没以前那么苗条、有型了，有时我简直要崩溃。

（那你用什么方法来缓解压力呢？）购物。生完后，老公给我卡上打了5000元，我很快就花光了。他问我怎么这么快就用完了？我一听气不打一处来，没好气地微信他："老娘两周才花5000元而已，依我的辛苦程度和你工作加班把事情推到我身上，我每周花5万、50万都不为过！"他回了六个点（省略号）。OK，你忙吧，我可以辛苦，但你要补偿我。后来，当他看到我脸色不好、知道我心情不爽时，就会跟我说："你去买东西吧。"他知道这样我能够减压，他了解我。现在，当我感觉很辛苦时，就会使劲花钱，不辛苦时就花得少些。但不管花多花少，我都是买最好的，品质差的不要。今年国庆节，其中一天我就是跟女儿在商场逛了一整天，整个人都轻松了。

（除了通过购物减压，还有什么其他方法吗？）朋友。我有个很要好的朋友，每当我有什么问题或很不开心时，都会第一时间找她，她给了我很大的心理支持。我感冒时、心情不爽时，她都会买好肉好菜，开车来到我家，我们一起做饭、聊天，这让我感觉自己不那么孤单。朋友是广州女孩，做设计工作的，时间自由，每到关键时刻她就会来。其实她自己也面临很大的婚姻问题，她老公事业很成功，但有外遇，还不止一次，她却坚强地挺过来，说再怎么难也得熬过去。广州女孩真的很坚强独立，要是换了我，我真不知怎么办，可能会崩溃。从她身上我学到了很多，她那么难都能过来，我有什么不可以的？我们之间是互相需要，互相帮助。

（女人要贤惠，但真的不可以太贤惠。男人大凡都是“欺软怕硬”的动物，你过于软弱，不仅得不到他的关爱和尊重，他还当你透明，或者把你当老妈子使，这样的婚姻多没劲。）你说得太对了。我那位女性朋友就是太贤惠了，先生不把她放在眼里。不少广州女性都这样，忍隐，坚韧，但未必幸福。

（我知道一点她过去的故事。当年她是一正规大学本科毕业生，下嫁作为复退军人、没有大学学历的先生，并不惜与父母撕破脸皮随夫从北方到湖南，然后到广州打拼。想到这，我问她：你和你老公的关系模式很有意思，你好像在老公面前蛮强悍的哟，这跟你以前与他恋爱、结婚的过程有关系吗？听我这么直接的问话，佳佳也快人快语。）肯定有了，不然我也不敢这么“嚣张”了，哈哈，那是婚姻的底色。

相依为命，姐弟情深

自从女儿知道我怀孕后，就天天盼着当姐姐，而且说不管是弟弟还是妹妹，都喜欢。女儿读一年级，寒暑假时，很多时候都是她陪我去做产检。医生逗她：“小朋友，你要妈妈生个弟弟还是妹妹呀？”她毫不犹豫：“要妹妹。”“为什么呀？”“因为我的衣服可以给她。”她几次都跟着我进B超室，我要她问医生是弟弟还是妹妹，每次她都认真地瞪着屏幕看，但就是不吭声，我问她为什么不问，她就说不管是弟弟还是妹妹，她都喜欢。

可是后来有一次，在家里，她摸着我的肚子，说：“妈妈，我觉得这是弟弟。”这以后她见人就说，妈妈生的是弟弟。平时我管她的作业比较严格，她会生气、烦躁，我生弟弟以后，有一次她对我说：“妈妈，你最不烦时，就是生弟弟的时候。”还说想要几个弟弟妹妹，弟弟生下来后，她非常高兴。

儿子是过了预产期才生的。那些日子我老公在谈一个大项目，特别忙，总是半夜才回来。他把项目的资料放在车上，以备应急。晚上是女儿陪我睡的，她总问：“妈妈，妈妈，你会不会生啊？”那天深夜，我感觉要生了，就对女儿说：“妈妈快要生了。”当时凌晨1点半，可是女儿马上就听见了，她飞快地爬起来，跑下楼叫爸爸，还陪着到医院。可是，小孩子不可以进产科病房，连过道也不行，她只好失望地回家。第二天，她爸爸抱着弟弟给她看，她哭了，抱着我哭（说到这儿，佳佳的眼圈红了）。

弟弟满月时摆酒，女儿问我：“我那时有没有摆啊？”我说有，她就很高兴。摆完酒，她提着红包回家，又问：“我的钱去哪儿了？”我跟她说，弟弟的这些钱你负责保管，存在你的账户上，她又很高兴了。

（佳佳的这个做法很智慧，是以退为进、以守为攻的，既照顾到了小孩子的心理，又培养了她的责任心。但她毕竟还是个孩子，她这么注意这些细节，其实是一直在观察爸爸妈妈对她是否像对弟弟一样。我把这个感觉告诉佳佳，她颇为认同。我接着问她：那么，你女儿后来当姐姐的感觉怎样呢？）她特别爱这个弟弟，说几个小事吧。刚才说的那个满月酒红包还有部分钱没存，由她保管，当我给弟弟买东西时问她，她会拿钱出来，说给弟弟买礼物。学校买保险，女儿回家会问我要不要也给弟弟买，我告诉她，弟弟还小，妈妈会买，不要学校买，她才不提了；买衣服时，我会故意给弟弟买得少些，而注意满足女儿的愿望，这时她就会说，要给弟弟也买才公平。

在给儿子选择预防小儿麻痹症疫苗和糖丸时，我纠结是用进口的还是国产的，进口的要190元，国产的免费。我打电话给老公，他毫不犹豫地说当然要进口的，当听说女儿当年是国产的时，他又马上说当然是国产的啦！女儿知道这事后，对我说：“妈妈，你有的时候可以不公平的。”所以小区里的小朋友对我女儿说：“你妈妈还是最爱你了！”

（**看起来，公平与不公平有时不是那么绝对的。但她小小年纪，怎么会有这么明确的公平的概念？**）可能这跟我和老公都有意识地这么做有关。我们小区有个朋友生了二孩后，大孩子过了两个月才适应，我就一直很注意这个问题，很注意让女儿参与我的二孩生活。弟弟出生后，凡是和弟弟有关的事情，我都尽可能让她参与，比如给儿子洗澡时，就让女儿拿毛巾、衣服等。

生活里，女儿对她这个弟弟没有任何嫉妒。我有时批评她，她就搂着弟弟，说：“你是我最爱的人啦！”她捣乱、我几近崩溃时，吓唬她：“妈妈要把你送走。”她就这样回我：“要送就把弟弟一起送走。”她有一个宝贝，是一条很柔软的毛巾，从她出生到现在，谁都不可以碰，但弟弟出生后，她反而主动拿出来给弟弟用。反正只要说是弟弟要用，都没问题。女儿和她弟弟有相依为命的感觉，有弟弟在，就可以一起过。

不要灰色人生底子，不做全职妈妈

在我一决定要这个孩子时就打定主意，不做全职妈妈，即使因为要孩子需要辞职，也会很快再找工作。

（对这个问题，你怎么会如此坚定？现在不是好多80后妈妈都是先当几年全职妈妈再重回职场的吗？）女人需要经济上独立啊。自己花自己挣的钱，很开心，老公每次打钱给你也会不爽。如果做全职妈妈，就失去了价值感，外界对你的认同不是对你自身的肯定，人会很崩溃。我怀孕期间和生产后，就一直在学习和生活的冲突中度过，与朋友的来往也减少了许多。如果当全职妈妈，我没看到返回职场的可能性；即使返回，也是做一些没有技术含量的工作。人生的底子是灰色的，这个我绝对不能接受。

我们小区的妈妈告诉我，当全职妈妈，脾气容易变得不好。看到小区里的全职妈妈们成天灰头土脸的，心里很不能接受这样子的自己，更坚定了我不做全职妈妈的决心。其实出来工作对孩子会更好，下班回家后给孩子唱唱儿歌，互动一下，陪伴孩子的质量会更高，妈妈并不需要整天陪着孩子。

当然，生了二孩，对职业生涯肯定有影响。但一家两个人工作，肯定得有一个人做出牺牲。老公比较上进，我就先把孩子带好喽。我一直有写书的打算，想写小说，把我戏剧性的经历写出来，但这个只能留待孩子大一些了。

我活了半辈子，觉得最辛苦的时期是现在，生第一胎、养第一个孩子还没有这么辛苦，所以我绝对不会生三胎，那是自掘坟墓，即使放开三胎，即使意外怀孕，也不要了。现在真是辛苦到顶。（**那你有后悔吗？**）没什么后悔的，但还是有些失落。老得很快，身体变形，乳房下垂。你不知道，我还曾经有过喂奶还是不喂奶的纠结，到底不喂奶是不是真的对孩子不好？我百度，看各种资料。我就不理解了，在古代，无论中国还是外国，大户人家、贵族，都是请奶妈喂孩子的，不也都长得好好的？可是我把这些想法说给朋友们听，没有一个支持我的，我说她们没人性，她们反说我没人性，呵呵……

我也明白，喂母乳对孩子好，可是对自己不好啊。为了孩子，现在只好忍着，做出有限度的牺牲。开始我只想喂一个月，撑到第一个月又改主意，想喂到第二个月吧，等第二个月过去，又想还是喂到第三个月好了，现在是第三个月十八天，我想撑到喂完第四个月。（**有人说，妈妈只要有奶水，最好喂到孩子1岁甚至1岁半哦！**）现在我处于危机感的年龄，如果六个月身材还不能恢复，就很难恢复原状了。我天天数着日子过。如果不出意外，到儿子六个月时会断奶，我已经仁至义尽了。喂一年的奶？不如杀了我，保证孩子有免疫力就可以了，喂一年两年，对女性来说，是极大的束缚。

不当全职妈妈的最大一个问题，是保姆不好找。小区里有不少保姆，看上去挺不错，主人家的评价也很高，但其实她精得很，主人在家时一个样，不在家时另一个样，天天看手机，带孩子不上心。

（**现在是你妈妈在帮你吗？**）是啊。现在很难找到可靠的保姆。如果能找到合适的，我宁愿花5000元请保姆，反正我不做全职妈妈。

现在还有一个最大的困惑，就是兄弟姐妹之间产生了一种很微妙的感觉。我们姐弟仨原先很亲密，但现在有一些裂缝了。原因是，弟弟的孩子十一个月大，他的岳母在带，很累，想让妈妈过去，但妈妈在他那边不肯多住；妹妹呢，很快也要生了，也希望妈妈过去。等到妹妹生产时，妈妈肯定是要过去的。但妈妈在我这边的时间会多一些，前不久妹妹还跟我发了脾气，姐妹俩不像以前那么亲了，连电话都很少打了。目前这样子，弄得情绪上也受到影响，却又是没有办法的事情。唉，生了孩子，父母就成为“抢手货”了。等妈妈过去后，我都不知怎么办才好，现在正在物色保姆，希望有好运了。

后记

看得出来，无论有多大的困难，佳佳都是打定主意回归职场的。事实上，在接受我采访后不久，她就休完产假上班了，还是做得像以前一样出色，只是因为哺乳，每天上午可以晚到单位一个小时。好在她家离单位不算远，中午她也会回家。有时有事回不了，她会事先把奶水挤出来冰冻给儿子吃。她老公的生意做得愈发好了。女儿也很乖巧，更懂事了，像以前一样，女儿还是经常会去图书馆、博物馆和少年宫，当然，图书馆和博物馆一般是当妈的佳佳带去，在少年宫学艺就多是孩子的爸爸带去了。生了二孩儿子后，尽管她说很累很辛苦，但每每我看见她，都是容光焕发，身材还是像以前一样曼妙，打扮得仍是那么时尚而得体。总的说起来，佳佳的这个二孩，是为她幸福的婚姻生活和家庭生活加了码的。

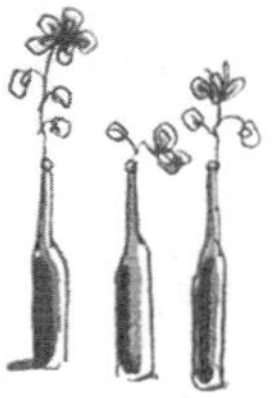

年龄会让我们长成更好的母亲

/徐霄鹰/

题记：Julia是我大学同学的姐姐，刚移民新西兰一年多。我们是在奥克兰认识的。她专门开车到我家和我进行了这次访谈，她说：我觉得三四十岁再当妈妈，正好。

越生越顺

我（Julia）是每八年生一个孩子，特别巧：老大是1993年我26岁时生的，老二是2001年34岁时生的，老三是2009年生的，我42岁。我其实是年头出生，这样在年底生老三时，其实也快43岁了。生三个孩子的感觉，就是越生越顺，越生越容易。

（三个都是顺产？）前面两个是，老三不是，因为我有妊娠胆淤症。这个病是怀孕才会有的，是孕期雌激素变化导致胆功能不正常，很容易引起胎儿营养不良，严重的会导致死胎。老三是在香港生的，当时他只有35周，但是医生感觉他已经足够大了，考虑到我的病，就选择提前剖了。孩子一出来就六斤多，医院根本没把他当作早产儿。

我对香港的产科医生和服务印象特别好。我是剖的，一点儿都不疼，手术后第三天一早就出院了。住院过程中，也不打点滴，只是吃了一天口服药。孩子也不需要做什么检查。护士还每两个小时就把孩子抱过来给我喂奶。

我生老大的时候，也患了胆淤症，虽然是顺产，却让我住了一个星期的医院，每天打点滴，不让下床。当然，那时候是20世纪90年代，又是在重庆，可能医疗水平比较落后吧。老二是在广州出生的，因为孩子早产，被送到新生儿科，做各种检查。我也就陪他住了五天医院，点滴了也是打了三四天。出院时开了一大堆药。两个孩子在医院都是护士喂奶粉。

同样是胆淤症，而且我年龄越来越大，但是内地和香港医生的态度真的太不同了。香港的医生淡定得不得了，问他什么都是没事、很好。我怀孕四个月时去香港产检，一切正常，问他什么时候再回去检查，他说："随便你！"生完以后，他说："过一两年，还想再生，再来找我剖，没问题。"（**是不是年龄越大，产后恢复越难呢？**）我月子也是越坐越随便。第一次完全是按传统来的，父母伺候着，一个月不洗澡不下地，拼命吃鸡和鸡蛋。第二次，洗澡洗头下地，也不那么使劲吃了，一出月子就开始在家工作。第三次生完，简直完全没当在坐月子了。

（**怀孕期间呢？有什么不同？**）我第一次怀孕可娇气了。家里人是众星捧月地养着；单位上也是整天不上班，怀孕后期干脆请假不去了。（**可是你才26岁呀！**）你别看我现在身体好，我生孩子之前身体可差了：有很顽固的湿疹，一换季就发作，吃什么药都治不好；还有胃也不好；坐公车上下班，还试过失去知觉。可是一生了孩子，就全好了。（**那你父母肯定得说是月子坐得好呗。**）也许吧，谁知道呢？

生老二的时候，就完全不一样了，那时工作压力很大，经常加班，一直高强度地工作着。深圳的医生说我有胆淤症，必须提前住院观察，可我还不愿意去。怀老三怀到三四个月的时候，公司正好结束了一个业务，我就干脆不工作了。但也不是在养着，当时我先生在佛山，我和两个儿子在深圳，还有另外一个亲戚的孩子也在深圳由我代管。那时，老大面临考大学，正是操心的时候，还要陪老二参加各种兴趣班，亲戚的孩子要接送，一点儿都不轻松。

这些要放在生第一个孩子的时候，完全不敢想象。人是会变的。

旁白：Julia和现在的先生是再婚，所以老二不算超生，老三才算。但是她说，深圳人大概因为去香港生孩子很方便，超生很普遍。不光是像他们这样夫妻双方都是私企的生，有公职的夫妻也生，单位都睁一眼闭一眼。总之，生两三个孩子在她的朋友熟人圈里挺平常的。因此，她选择生老三也很自然，有了，夫妻俩又都喜欢孩子，就要了。完全没有和计划生育政策作对的“悲壮”，而她自己也在不知不觉中从一个娇气的年轻妈妈成长为一个强壮独立的中年母亲。

众所周知，高龄母亲面临的生育风险远高于年轻的母亲，然而也有研究显示，高龄母亲在体力和精力上并不弱于年轻母亲，她们罹患乳腺癌的风险更小，更有可能长寿。

年纪大了，更容易兼顾

（*其他方面呢？也是越来越顺？*）是啊，我总是鼓励那些三十大几的女性朋友生孩子。年纪大了再生孩子更好。我觉得30岁前后是事业的坎儿，往上走了就走了，下来了就不行了。所以，那几年事业才是全力以赴的重点。35岁以后，就不一样了，在公司的地位牢固了，外围的关系啊、人脉啊，也都建立起来了。

我生老二的时候34岁，事业已经有积累了。那时虽然还是很忙，但很多工作可以在家里完成，就感觉可以兼顾孩子和事业了。生老三就更是这样了。我在公司里基本上就是一个决策人的角色，具体工作都有同事操心，而且网络那么发达，在家办公、开个会什么的，就更容易了。

（**我也很有同感，而且是不是年纪大了，我们的心理也更成熟呢？**）对。生老大的时候是在钢厂工作，生完孩子就辞职了，完全有条件当全职妈妈的。可是，我的心完全不在孩子身上啊，就跟着做销售的老公到处玩。那时他在湖北，我就跑到湖北去住了几个月；后来他又去北京，我又去北京陪他。老大一直都是我父母帮我带的，5岁以后，才接到深圳来跟我们一起生活。

我记得老大5岁的时候，他在深圳，我在北京。那时，他还不会写字，就让外公握着他的小手写了一封信给我。那封信我还留着呢。他写的是："妈妈，我很想你。你为什么不能回来陪我呢？"我看了心里好难过。

旁白：Julia的看法和经历与美国休斯敦大学女性研究教授伊丽莎白·格雷高利的论点不谋而合。教授在她的新书《准备好了：为什么女性会选择晚育》（*Ready：Why Women Are Embracing The New Later Motherhood*）中指出："高龄母亲拥有更雄厚的财力，与较年轻时生育第一胎的女性相比，她们更能在抚养孩子的同时兼顾好自己的事业，维持更稳定的家庭关系。"

越来越会当妈妈

（当三次妈，感觉有什么不一样呢？）老大小时候是我父母管的，后来才跟我们在一起，所以他和外婆特别亲。我每次回家，他也很高兴，但就是习惯了看着母亲来来去去吧。后来接到深圳跟我们一起住，我们也不太关注他，我几乎每个月都出差。他后来跟我关系也很好的，不过想想那时确实是不知道怎么当妈妈。他上学、上兴趣班都是自己去的，家长会我也没怎么出席过。有时看孩子的照片，回想第一次当妈的经历，感觉那时根本就不是当妈妈，更像是在独立生活。

老二是我先生的姐姐、孩子的姑姑来帮忙带的。但那时我工作已经稳定了，不用老出差，对他关注就多得多了。上学、放学、上兴趣班我都亲自接送，家长会我一次都没缺席过。真是年纪大了，母性就大了。对老二明显耐心平和得多，也开始有做妈妈的心得了。有空会记录他成长的点滴，有那种享受做妈妈的感觉了。

到了老三，还是有请阿姨做饭打扫卫生，但是带孩子就全是我自己来了。陪伴孩子的时间越来越多，越来越享受跟孩子在一起。

（在孩子的教育上，有什么不同吗？）最明显的就是越来越有耐心，越来越尊重孩子。就说兴趣班这件事情吧。我们给老大选择兴趣班，基本上都是随波逐流：人家都学钢琴，那他也学，都上奥数，那他也上。当然，我们还是比较民主，如果孩子实在不愿意，我们不会强迫，例如他说不想学奥数，我们也就算了。到了老二，我们的态度就不一样了，会有意识地根据孩子的特点来安排，让他自己选择。这就耗费很多时间和精力。我们要带他去试各种兴趣班，然后坐下来一起判断分析、一起决定。比如运动，我们真的试了很多，最后定了篮球和街舞。

另外就是能够更科学地对待孩子了。比如老二爱玩电脑游戏这件事。换以前的话，我们估计就会很严厉地、干脆地制止他。但是，现在，我们会尝试理解他为什么会这样，跟他谈，想办法慢慢解决这件事。

（听起来，你对后面的孩子更上心、更爱护，做哥哥的会嫉妒弟弟吗？）完全不会啊，他们都特别喜欢弟弟。有机会给你看照片，有一段时间孩子的姑姑把老二带回老家暂住，我们带老大去看他们。老二穿着开裆裤，老大就亲老二的屁股；你看这是有多喜欢？连屁股都亲。老二也特别喜欢老三，弟弟还在我肚子里的时候，他就亲我的肚子了。哥哥爱跟弟弟玩，特别爱逗弟弟。老二有段时间还常把弟弟逗哭。

（逗哭？你说的“逗”是什么意思？）就是哥哥非要弟弟

听自己的，逼着弟弟承认哥哥聪明自己笨，或者故意做一些让弟弟不高兴的事情，就是哥哥在显示自己的权威，自己在家里的地位。我没怎么管他们。老二小的时候，老大在学校很多活动，朋友也多，其实没太多机会逗弟弟。但是，我们来了新西兰以后，这边放学时间早、孩子在家时间长，老二对新环境也不适应，就逗弟弟逗得多，经常把老三逗哭。逗哭了，我就要去哄啊，就觉得很累，就会怪老二。有一段时间我和老二的关系就很紧张。后来，我想开了，决定不管他们了，只要别有什么危险，不伤害到身体，随他们闹去。他们自己就和好了，老三也不那么不禁逗了，例如今天在车上，老二故意抱住老三最爱的玩具鲨鱼，以前的话，老三肯定会哭，但现在他不为所动，知道他的鲨鱼就是他的。老三还会告状。他跑来跟我说，哥哥又在玩游戏，哥哥没有吸尘[1]，我就说我知道了。

（好像就是家长其实不用太在意怎么处理兄弟姐妹之间的关系？）是啊，只要他们有安全感，知道父母是爱自己的就行。你看老二，虽然那么爱逗弟弟，但是我们不在的时候，他很照顾弟弟的，他玩游戏，弟弟想看，他就把弟弟抱到腿上，一边玩一边给他解释。我们在的时候，他有点不好意思流露。老大就更好

1 Julia家每个人都要做指定的家务。老二的职责是吸尘。

了，前两年我们去日本，我和先生想买东西，我先生就让老大带两个弟弟回酒店，我都不放心，可是老大很细心很负责，牵着弟弟走回酒店，陪他们玩很久很久。弟弟也都很佩服哥哥。老二觉得老大最聪明，老三觉得老二最聪明。（那真是很圆满！）反正，有孩子真好，特别是他们三个在一起的时候。

旁白：Julia其实不是那种特别有意识地钻研亲子教育的妈妈，但是她的育儿经验却与专业研究结果惊人地吻合。

2012年由英国伦敦大学伯贝克学院儿童保健院的研究人员在格拉斯哥举行的英国皇家儿科医学院会议上发表了他们针对高龄母亲的研究报告。

这项研究对英国1100名40岁或以上高龄产妇的孩子以及3800名年轻女子的孩子进行调查对比，孩子们的年龄在9个月到5岁之间。研究发现：晚育母亲能更好地抚育子女。

晚育妇女的子女发生意外、住院治疗的次数较少，且无须担心他们有肥胖症的风险。

研究还同时检测了一系列与父母抚育技能相关的因素，包括认物、图片及形状识别以及通过现有的英国测试标准进行的发育智商测试等。结果表明，将社会阶层考虑进来的话，年长母亲的子女各方面的能力更强。

从事该研究的Alastair Sutcliffe博士说：“我们有充分证据证

明，跟年轻母亲相比，高龄母亲更擅长带孩子，我们确信晚育母亲的孩子们极可能更出色。”

享受跟孩子在一起的幸福

（为什么决定移民来新西兰？）那段时间国内好乱，公共场合爆炸呀什么的。深圳规定，幼儿园如果举行集会，必须有五个警察在场保护。还有抢孩子，在佛山，一个妈妈，把孩子放到后座，自己走到驾驶座，就这么一小会儿工夫，就有人打开车后门把孩子抢走了。有时阿姨带老三出去，我总要再三叮嘱阿姨各种安全事项。他才4岁，就问我：妈妈，为什么我不能跟不认识的人说话？为什么不能随便出去玩？我都不知道怎么回答他。我和先生就想，我们不要让孩子在这么一个不安全、没有信任的环境里长大。

而且，他是在香港出生的，去香港上学就是“双非”，香港人也越来越排斥内地人。孩子要学粤语，学英语，压力肯定很大。

于是，我们就决定移民过来了。我和先生过来，国内很多事情就要放下了，这边就要重新开始，但是为了孩子，我们很容易就做出了这个决定。

人就是这样，年龄越大，也越坚强，越有为别人考虑的能力。

孩子也学会为父母考虑啊。有一次，老三出门上学之前，对我说：妈妈，如果你在家很无聊，可以玩我的乐高，就算你玩坏了，我也不会生气的。这就是言传身教吧？我每天耐心地陪伴他，他会想，这就是“母亲的样子”。他看到我这样对他，也就学会了这样对我，对别人。有一次，我切菜伤了手，老二没什么反应，老三却跑过来，很关切地问我疼不疼，要不要包扎。我心里暖暖的。

而且，更有意思的是，虽然我现在把大部分时间都花在陪伴孩子上，心里却不再像以前那样总是希望孩子一直依恋我、依靠我了。我现在特别希望孩子们长大了，能够独立，跟我们分离，我们和他们可以各自成长。

有一天，我跟老三聊天，我说：你长大了还跟不跟妈妈一起玩啊？他说：当然啊。我说：可是你的两个哥哥都不爱跟我玩啦。他说：那是他们傻呀！

现在，我会不由自主地把能够跟孩子在一起看作是幸福。

后记

Alastair Sutcliffe博士说："为什么年长的母亲似乎有更好的抚育子女的技能？可能是因为她们不再那么容易冲动、内心更平静以及生活阅历更丰富，所有这一切使她们更胜任母亲的角色。"

"证据表明，经历了怀孕和生育的巨大困难后，她们（高龄女性）将成为更好的母亲。"而这"正是年龄增长本身带来的结果"。

我想，Sutcliffe博士的这几句话正好可以拿来作为这篇访谈的结语，Julia想必是会同意的，她会说："怎么不是呢？毕竟我们经历了那么多！"

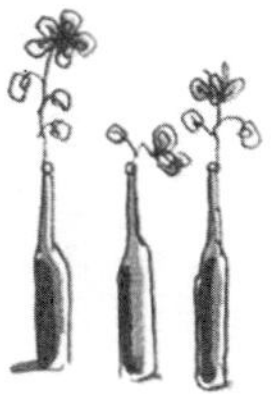

有时，
也听听他们的想法。

想着一个和我有着相似基因却又和我完全不同的新生命将会来到这个世界，心中真是有一种从未有过的奇妙的感觉。你究竟是怎样的一个人呢？无论如何，我对你的到来还是充满期待。毕竟看着一个人成长，始终让人感觉自己也会随之收获些什么。

印尼堂嫂雪玲的故事

／钟秀梅／

题记：我的堂嫂雪玲来自印尼。1994年3月中国台湾通过《加强对东南亚地区经贸合作纲领》政策，让许多经营困顿的中小企业主与农户搭着“南向政策”的顺风车到了南洋。我大伯公的长孙发仁原在家乡美浓种木耳，他跟他的伙伴想把技术外移，但是投资不力，做起了外籍新娘的中介者，把雪玲介绍给自己的堂弟。

少女时代的印尼记忆

她的家族是各种南中国族裔的混合。

“我是家中的老大，家里有三个妹妹、一个弟弟。妈妈做生意，有请佣人来照顾我们。但是妈妈的兄弟姐妹很多，家里生活较困苦。我舅舅也会来我们家住，帮忙照顾我们。”她说。雪玲的爸爸和18世纪的印尼加里曼丹的传奇人物罗芳伯是同乡。

她的妈妈则是坤甸城镇里的人，是家中的老大，有八个兄弟姊妹。妈妈念华侨学校到初中时就终止，因为外公再娶，二姨太生了一个小孩，她要帮忙带弟弟妹妹和小姑姑。雪玲的爷爷是从中国内地的广东梅县过来的，奶奶是印尼出生的华人，家族成员在百年间陆续有人回中国内地念书。她的外婆是潮州人，外公是梅县客家人，外公的第二任妻子是海南人。和中国台湾汉族一样，印尼华侨称印尼当地人为“番人”，不过雪玲的祖上一直都没有和当地人通婚。

“我妈妈会说潮州话，她没念过印尼书，印尼话是嫁给我爸爸之后做生意时学的。妈妈很能干，工作很忙，请了一个婆婆来照顾我妹妹。爷爷在我爸爸6岁的时候就去世了，他在大陆那边也娶了一个老婆。奶奶在乡下卖冰，是当时坤甸乡下第一个有冰箱的人。爸爸是家中唯一的男生，妈妈嫁过去，奶奶很挑剔她，常常欺负我妈妈，例如下雨时不收我妈妈的衣服。妈妈家比较穷，有时候外公、舅舅做客，奶奶都念东念西的。不过奶奶生病了，妈妈还是尽心尽力地照顾她。姑姑家比较困难，我们都会帮助她们。妈妈教育我们‘人在做天在看’。奶奶77岁去世，她一辈子都待在坤甸乡下。我们乡下的番仔（印尼原住民）有些也会讲客家话，那边做生意的华侨，多少都会讲印尼话，潮州人就比较少会说。”

雪玲生命中遇到过两次“排华事件”，她父母经历得更多。“因为妈妈家里小孩多，要出来赚钱，她就到乡下做生意。妈妈之前在乡下教书，当时念到初中就可以教书了，印尼很缺少老师，能念到初中就很厉害了，爸爸也是念到初中，他们都是念华人学校的。妈妈嫁给爸爸的时候，印尼就开始‘排华’。”

“大约是60年代，政府纵放印尼人抢华人的东西，华人的东西都被抢光，中文书必须埋在土里。老家的房子有暗门，也曾被人家给撬开。70年代我还小的时候，当地土人想要对付我们。我看过三个不同族群的人联合打华人。乡下比较多‘排华’的事情发生，所以妈妈叫我们先和亲友一起去雅加达。当时我们不敢离开大人，还是留在乡下。有一次乱了，我们就跑去警察局躲着。妈妈也曾带我们离开乡下到城镇区一个月。我爸爸不怕，奶奶也不怕，没有离开乡下。”

另一次“排华”经验较为清晰。“我们跑去坤甸城镇区，妈妈那边有亲人，我们小孩住在那边，伙食费自己付。小学毕业之后，妈妈叫我到都市念初中，我不太想去，因为不想离开家里。妹妹很高兴地去了，她住在都市的舅公家，妈妈比较放心，有交伙食费。因为是‘排华’的原因我们才会去都市的，不然我妈妈也不太愿意我们离开。”

妈妈经历太多苦难，希望长女以身作则离开乡下，追求更好的人生。“我妈妈很怕我嫁给乡下的番仔（印尼原住民），因为种族不同，习惯也不同。但我的小时候的同伴都嫁给当地的番仔，所以初中毕业后妈妈就把我送去雅加达。从邻近都市到雅加达坐飞机要两三个小时。妹妹初中毕业之后，高中也是去雅加达读的。当时跟着两个阿姨和一个同学住在那里。”

跨国婚姻与三位子女的诞生

1998年苏哈托倒台，印尼社会大乱，著名的“黑色五月暴动”（1998年印尼排华事件），上千人死亡，不少华人女性成为种族仇恨的替罪羔羊，遭受强奸、轮奸、杀害，这个事件挑动起印尼华人的神经，加上雪玲年届三十，在双重压力下，生命有了重大的变化：

“我一个礼拜上班五天，大约是年底，有十几天的假还没排休。我一边工作一边进修，那时候没有想嫁人，但是阿姨和舅舅一直劝我要嫁人。跟我年纪一样的看不上眼，比自己大的男生和比自己小的又不喜欢。那时候公司很多女生三四十岁都还没嫁。我觉得自己一个人很快乐，有固定的收入，自己的钱又花不完。工作几年后，我已在雅加达买了房子，头期款是妈妈帮我缴的。所以生活很自由，想去哪里就去哪里，有时候放假就跟阿姨她们一起去逛百货公司。”

这10天的假，决定了雪玲的下半生。“我那时候快30岁了，我妹妹说我不嫁她也不要嫁。结果妈妈就帮我去算命，说如果太晚嫁的话，是当人小老婆的命，所以那时候就答应相亲了。听说相亲的对象在高雄工作，我有一个姑姑嫁了去基隆，所以先向她打听。以前我都是读印尼的经济报，看到台湾的经济还不错，可是我也没有想很多，放假期间，他的堂哥来，有人就怂恿我去看台湾的对象长得怎么样。当时我想说自己会讲客家话，语言应该通。”

未婚夫离开雅加达回台湾后，两人有通信。当雪玲终于来到美浓时，她说：“那时候觉得这里是很乡下的地方，我有点吓到。妈妈怕我退婚，还特地跑来一趟。妈妈很鼓励我们嫁出去，做一个中国人，印尼人听到我们说客家话，会排斥说我们是中国猪，滚回中国去。在雅加达坐公交车的时候，长得比较白一点就会被人家抢，很可怕喔。所以有时候加班，公司的车子没有开，我都坐出租车不敢坐公交车，出租车很贵。我问过嫁去基隆的姑姑，她说台湾那边治安比较好。”

妈妈陪伴雪玲在美浓准备结婚的两周充满着张力。堂哥受不了朋友、邻居异样的眼光，想要退婚。因为当时台湾农村男性若是迎娶东南亚妇女，会被认为是“鲁蛇”（loser，失败者），不过后来在堂姊妹的鼓励下，堂哥终于接受了这个事实。

雪玲分别在32岁、35岁、37岁时生下二男一女，三个小孩全由她带。丈夫刚结婚时在附近帮忙做烟叶的临时工，后来砂石场需要工人，他去应征。但是砂石厂要的是女工，雪玲自愿去工作，当时第一个男孩已经生出来，她请婆婆带半天。

怀第二个孩子时，雪玲觉得很累，没有害喜，过程很顺利，生下来没有坐好月子，因为当时大儿子已经会跑来跑去了。有一次大儿子跑到池塘旁玩掉下去，雪玲跳下去把他捞回来。虽然住在公公婆婆家免去了房租或房贷，但随着两个小孩的陆续出生，夫妻两人的经济负担愈加沉重。

20世纪90年代，随着自由市场的侵蚀，台湾农民的生存并不容易。堂哥种了一阵子的沙漠玫瑰，但销不出去。后来邻居招工，每天需开车一个半小时到高雄市区做电梯装配员，每月薪水2万出头，他也做了一阵子。后来，国营事业“中钢”公司的委外厂商招聘员工，堂哥顺利进去，薪水加倍，但必须住进市区，每个周末才能回家。雪玲告诉先生，他只需负责两个儿子的开销，她自己想办法养活自己，她在地方社团“南洋姊妹会”的协助下，参与政府部门“劳委会”的多元就业方案，每月13500元，而且只上半天工，满足她照顾小孩的需求。

37岁怀胎真是天人交战。原想“两个小孩恰恰好”（台湾的生育政策口号），突然第三胎来临，打乱了夫妻生活的节奏。

雪玲接受了丈夫的意见打算堕胎，但是到了手术室，她决定把小孩留下来。“我跟印尼娘家商量好了，如果是男孩就送回印尼，让弟弟认作儿子，因为他糖尿病无法结婚，又是家中唯一男孩，这样罗家才有后嗣。如果是女孩，我要养，我嫁那么远，有女儿贴心，儿子渐渐长大，不跟我亲，连回印尼也不愿意去，我很孤独。”

第三胎怀孕过程比前面两个儿子顺利，生产那天公婆老了帮不上忙，幸好印尼的小妹来玩，加上亲戚万生伯母的提醒，不知怎么落红了，他小叔阿志紧急开车载她到邻镇旗山博爱医院待产。“待了几个小时，我说要回去，医生不肯让我回去，说半夜小孩出来怎么办。医生施行催胎，下午5点生出来了。第二天11点，我要结扎，但是丈夫不愿意签名，怕我结扎会痛，但是，我想一次性处理掉结扎的事，就单独进入开刀房，手术完，医生叫我我才醒过来，麻醉药退了以后，伤口真的很痛。”

女儿的诞生，弥补了儿子给雪玲造成的失望，也让雪玲的生命较为完整。她非常乐意陪着她参与各种活动，寒暑假女儿急切地要回印尼雅加达陪外婆和学习印尼话，也强烈地表达了长大后回印尼的愿望。如今女儿已经初中二年级，大儿子刚上台南的南台科技大学，雪玲唯一担心的是二儿子的叛逆青春。

雪玲说："三个小孩的教养几乎落在我身上。我公婆的观念很落伍，说什么小孩不乖就要打，连丈夫都一样，他从来不跟小孩沟通。我是爱的教育，几乎将丈夫赚来的钱都投资在孩子身上。"但是，爱的教育对二儿子似乎无效，雪玲边说边掉泪："二儿子读技职专科学校夜间部，我叫他不要打工，他说要自力更生，可是打了工，在学校就打瞌睡，成绩不好。有一天早上7点半，我被校长找去约谈，校长见到我儿子就问你要不要读书，小孩摇头，校长掉头就走。我跟陪我的导师说，校长态度不好，为何他不问，你要不要毕业。"她相信，小孩叛逆只是一时，却不能拿不到毕业证书。

公共参与：加入"外籍新娘识字班"

1995年美浓爱乡协进会成立了"外籍新娘识字班"，让雪玲获得家务、劳务之外的学习渠道。美浓社会地理环境封闭，客家意识浓厚，美浓人传统上多偏好与美浓或六堆乡亲结成亲家。然而自开庄以来，不乏美浓男子与异族群通婚之事。开发早期，由于清廷移民政策使然，拓垦者大多数为单身壮丁，造成娶妻困难，当时客家与福佬族群关系紧张，通婚不为双方社会所认同。

一般乡民对"外籍新娘"的态度，往往有"看戏"的心态，自从男子到东南亚相亲，乡民便议论纷纷，等相亲成功后，在等待妻子归来的期间，亲朋邻里故意问：“你太太什么时候进门啊？”到妻子终于来到台湾，街坊邻居便来探望，欲一睹新娘的真面目。正式结婚后的相处更成了大家茶余饭后闲谈的话题。半年签证期限，“外籍新娘”回娘家的时候，更是考验这异国婚姻的关口。男方及家人多少会担心媳妇一去不返。“你媳妇什么时候回来啊？”变成了见面第一句话，虽是关心问候，却造成当事人心里极大的负担，仿佛觉得大家都预设妻子会一走了之。

后来识字班成员组织了“南洋姊妹会”。南洋台湾姊妹会正式成立于2003年12月7日。六年的识字班（1995—2001年）过程，南洋妇女突破语言困境，也形成社群支持网络（联谊性聚会）。然而联谊性质的聚会，仅能暂时舒缓南洋妇女面对生活困境的焦虑，无法处理实质的困境。于是进一步举办“希望工作坊”，让资深中文班学员讨论识字班该何去何从。2001 年，“希望工作坊”达成一个非常重要的决议，就是由南洋姊妹每人出300元做基金，分头去寻找合适的房子作为聚会空间。姊妹会创始人夏晓鹃为这段历史下了一段脚注：这次集体行动，使美浓的姊妹们首度有了属于“自己”的集体空间，大家的能量开始汇集，共同打造属于她们的“新娘家”。[1]

美浓的妇女过去透过水圳洗衣或集体农事，发展出自己的公共空间，可以暂时解除家人的拘束与监控。新移民女性的族群特殊性，无法循着客家妇女的模式发展自己的公共领域。原因有二：第一，她们的聚众集结让家人产生强烈的不安全感；第二，她们的口音肤色引人注目，出门在外容易引起指指点点。

美浓800多名新移民女性，初来乍到便必须面对文化冲击，并且承担起农村家庭的家务劳动与生产功能。每日面对繁重的家务工作，却没有一个可以让自己放松休息的地方。雪玲是南洋姊妹会的骨干之一，她刚到美浓的时候，内心煎熬无比。“我来这里十几天之后想去念书，我就问堂姐毓芬要去哪里念书，她说在南隆初中，当时想太远了，但又想闲在家里也不是办法。当时遇到识字班老师桂英姐，她说已经上到第二学期中了，怕我跟不上。我说试试看，每天午觉没睡就先把注音符号背起来。我婆婆说要订报纸给我看，我很高兴可以知道新闻了，结果订的是国

1 “借由投入识字班的工作唤起女性志工的性别意识，并培养了她们的自信与集体意识。”关于识字班对志工的赋权，详见吴美云（释自淳），《识字教育作为一个“赋权”运动：以“外籍新娘生活适应辅导班”为例探讨》，世新大学社会发展研究所硕士论文，2001年；夏晓鹃，《实践式研究的在地实践：以“外籍新娘识字班为例”》，《台湾社会研究季刊》第四十九期，2003年，第9页。

语日报，订了一个月。很多人要介绍工作给我，比如美浓窑的工作，我公公说不要。他们几乎每天晚上都带我到处去看去玩。”

学中文一个月后，她的普通话就有了不小的进步。普通话“听得懂，但讲得很生硬，不太敢讲。小叔开烟楼陶艺，叫我帮忙看顾，那时候学了很多中文。人家会问我眼睛大大、说的中文不标准，是不是原住民，我就说不是。那时候我很努力念书，有书就拿来念，经常拿报纸来看，不管看得懂还是看不懂，不懂会圈起请教人。”

美浓爱乡协进会识字班协助了几十个当时从印尼来的客籍移民妇女学习语言，雪玲说：“因为桂英姐用客语发音，所以我们很快就了解了。我迷迷糊糊地学习，但是都听得懂在讲什么。桂英姐问我说怎么这么快就学会了？她把前一学期的书全部发给我写。那时因为没有小孩，念书很认真，一下就学会了。识字班上课的地点换来换去，我就自己骑机车到处去上课。”

雪玲总共拿了四张中文识字证书。当时美浓地区是全台第一个办理识字班工作的地区，美浓爱乡协进会倡议，之后高雄县政府重视这个工作，便委托中坛小学、美浓小学、吉东小学、龙肚小学办理，当时连70多岁文盲妇女也来学习。

雪玲为了补贴家计，会做一些移民妇女的证件服务，后来受雇于高雄县政府劳工局的外劳服务员的案件，成为约聘雇公务员。雪玲对于外籍配偶与印尼外劳的事件看法与处理为何？她说："印尼新娘遇有家暴的情形，我都会叫她们去找社会局的社工来协助。老公言语上的暴力，我都会叫她们录音，当作证据，交给社工去处理。外劳逃跑下场一般都很惨，她们大部分都是下海，因为没有居留证，其他雇主也不敢雇用她们，大都跑到云林、斗六、中部，最惨的是流落到色情小吃店，任台湾老板宰割。她们用印尼话对我说：'逃跑的都下海了，喝醉酒，衣服都被人家脱得光光的。'我跟后来想逃跑的外佣说，薪水低慢慢来，会稳定提高收入，千万不要逃跑，那些逃跑的人都很可怜。"

雪玲曾处理多起外劳案件，帮雇主翻译外劳签的契约。印尼的外劳，男性主要是取代台劳的低薪、高风险、密集劳力的工作，女性主要是从事家庭雇用。雪玲从翻译的工作中发现中介剥削外劳的问题很严重。"她们来的时候逼迫她们，如果不签就不能过来，她们还要付介绍费和一些证件费给中介，所以她们来台湾才赚一点点，却被中介给剥削了。我也觉得在印尼的中介很可恶，她们在印尼被当地中介扣15个月的薪水，每月要扣6000元。来到台湾又被台湾的中介扣12个月，每月扣5000元，但是她们第一个月通常才领1000多元的薪水，身体检查要花2000元，延长居留证又要1000元，有些还收2000元，这些都得自己另外支付，太过分了。"

雪玲在美浓的公共参与主要是南洋姊妹会。说她："四五年前爱乡协进会带着我们，要接一个080专线接线生的案子，但是社会局说不行，因为爱乡协进会不是一个妇女团体。于是我们思考是不是要成立一个团体？开始筹备的阶段，需要影印大家的居留证，很多人觉得我在骗人。经过大家的帮忙，姊妹会终于成立起来，成效也不错，发生了一定作用。有一年去台北抗议，因为考试对外籍配偶来说太难，我们去抗议也有效。有一次是柬埔寨身份证事件，也是姊妹会的人帮忙陈情。我会参加姐妹会的活动、讲座等，有一些事情的讨论，我也都会去。”

参与南洋姊妹会的公共讨论，启发雪玲对自我身份的认同。“移民署官员曾问我一个问题，你们来这里会不会把我们的饭碗抢走？台湾社会怪我们外国人抢他们的工作机会，如果台湾39万名外籍配偶没来台湾，那39万名台湾男子不就变成罗汉脚（指单身汉的意思）了吗？我们过来这里大家应该要互相体谅，他们都没想过，若是我们没来，他们会怎样。台湾也奇怪，十几年前我还没过来台湾的时候，在电视上看到的台湾是‘立法院’都在打架，十几年后的现在大家还是在打架。在我看来，哪个党都无所谓。”

雪玲在台湾遇到家庭问题的时候首先是找娘家，和分散印尼、美国的亲姐妹都有联系。遇到法律问题会找姊妹会。教育小孩，较困难的是成语的部分，雪玲索性买很多书给他们读，不懂的就请他们回学校请教老师。因为权利意识的提高，雪玲除了参与姊妹会的去除污名化倡议之外，遇到孩子的权利问题也当仁不让。有次她气冲冲地跑来，很不满地请我帮她看一份孩子就读国小的分班政策意见书。这个国小的课后辅导将移民女性的小孩与本地分班，造成雪玲和南洋姐妹们的不满。她们推选雪玲写这份意见书表达不满，后来校方果然改变了政策。

后记

堂嫂雪玲是我学习的对象。我离开家乡出国念书、到城市工作近20年时间，她进入钟家三合院的头10年，常常和我妈妈聊天。为了补贴家用，她让雅加达的妈妈寄印尼的货品过来，凡咖喱粉、印尼泡面、洗发精、胡椒粉、杂志、椰浆、鱼饼、化妆品等应有尽有，解除了美浓地区的印尼移民女性的乡愁。雪玲曾经很辛苦，但她并没有因此退却，反而成为家族依赖的对象。她常跟我说：“秀梅，养比生困难。”想到她的二儿子，又难过得掉眼泪。

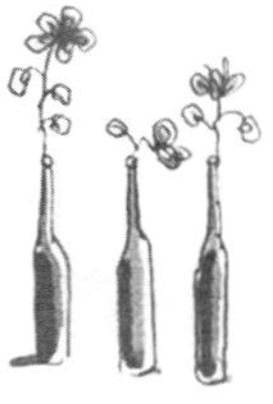

六个孩子的“老妈妈”

/ 潘寿梅 /

题记：我，潘寿梅，1936年出生，共生育了七个孩子，其中长女因4岁喂药进气管，离开了，现五儿一女，38岁时喜得一龙凤胎。1岁时见过日本鬼，13岁扶过犁，种过玉米，14岁入团，48岁入党。在医院工作四年，然后到百货公司工作了30年。把过医，问过诊，中医是我最大的兴趣爱好。曾任妇女主任，多次被评为省一级劳模、三八红旗手等。2005年，老伴去世后随女儿来到广州，一待就是10年，看着自己的外孙子长大。

我的人生经历

1936年我出生在一个贫穷的家庭，家里弟妹八个人，我是长女。我的母亲有胃病，父亲在公社也就是乡政府工作，少在家多在外。我们种的是地主家的地，那时候年年有水灾，分点粮食，吃不饱穿不暖，过着牛马不如的生活。

1937年，日本鬼子打进中国离我们家只有十里路，高沟镇周围用铁丝围起来，到了夜晚就下乡抢老百姓的粮食，鸡、猪、牛等一切东西都拿。有钱人家，人被带走，叫家人拿钱去，才能放人，如慢一点就杀头。总的来说，他们杀人放火无恶不作。我妈说我3岁时就懂事了。我奶奶夜里不睡觉，在外面打更，鬼子下乡来抢杀烧，放火把老百姓的房子都烧掉，而我就跟在大人后面跑。我记得跑到水塘边一不小心掉到水里，棉衣都湿透结冰，冻得快半死。那时我父亲是民兵大队长，带头领导闹革命，将高沟据点打下来。

新中国成立后，我家分了30亩地。那时候我十一二岁，家里家外种地什么事都能做了，但我怕吃苦，不管在农田做什么事情，10分钟不到就头昏脑涨，没有力气。我父母见状，骂我，启发我，表扬我，什么办法都用上，但还是不行。我有自己的想法了，我不是劳动的料子，我想去读书。父亲骂我，你这孩子少做梦，我们家穷，弟妹多，你母亲常年有病，女孩子家读书是没有用的，你要不听话，把你的腿打断。我已经13岁了，日思夜想要去读书才能有出路，就向别人借了五角钱买了语文、数学书，偷偷去上学。上学时还要背着小篓子挑菜拾草，经常迟到早退，但是校长和老师可怜我，从不骂我。

就这样，从二年级读到六年级，中间还跳级。考上初中后，父母下定决心不让我上学。再后来有缘人介绍我去学中医，我读了两年半中医。1958年，我们涟水县县城办了两座大学，一座农大，一座医大，我被选送报考，竟然考上了。三年毕业后被分配到高沟医院上班。之后，我结婚生子，但不幸的命运降至头上。我4岁的小女儿因吃药气管堵塞，离世了。我经不起打击，整天不吃不喝不睡，最后脑神经受到刺激，导致我不能再在医院给患者看病了。在家休息了一年后，没有办法，只能改行，后来到百货公司一干就是30年。

1995年退休过了10年的好日子，老伴是位教师，是我们县城的特级老师，从南京孝庄师范院校毕业，分配至苏北来支教。他2003年因得了肺病咳喘，越治病情越严重，2005年12月初不幸去世。之后我就跟着宝贝女儿来到广州，一待就是10年，现在我的宝贝外孙子也10岁了。

四个男孩的妈妈

我为什么要生六个孩子呢？若在当今就是思想不正确，违反计划生育了，但当年国家也鼓励大家多生。4岁的长女不幸离世后，我生了大儿子。我一直想再生个女孩，可是环拿掉后，又生了个男孩；又过了六年，还是想生个女孩，可一生还是个男孩，一连生了四个都是男孩。工资少，工作忙，生活艰苦，又没人带孩子，想要女孩的念头就打消了。

那时我在百货公司工作，每个柜台只有一个人，真正是接一顾二招呼三，对客户要主动热情、耐心周到，定下的任务就要争取超额完成，我每月超额完成任务得奖金又得奖品。几个孩子结婚时的床上用品我没有买过，都是奖来的。

孩子都是我自己带大的。因为我的宿舍离单位的门市后门口很近，即使离开门也不关，谁走到门口都会进去看看。家里孩子没人带，又没有公婆，我弟妹八个，母亲更没有时间来照顾我的孩子们。也只有我和我老公相依为命，互相帮助、关怀、体贴，照顾好孩子们的学习生活，德智体全面发展，四个孩子长得白胖可爱。

因老伴是学校的老师，又是校长，给孩子的感觉很是严厉与严谨。每当家里有什么重大事情要商量（例如学校做校服、谁谁惹事了等），老大就自觉地招呼老二、老三、老四排排座，家庭会议时大家不敢大声说话，害怕爸爸会训他们。

曾记得我的二儿子得了黄胆肝炎，隔壁邻居的孩子和我儿子得了一样的病，她带孩子去住院，花钱又耽误上班，好几天还在医院。而我就摘些柳树叶子熬成水放些红糖给他当茶喝，没有几天病也好了。生病间，也没有额外补充营养，就是粥里面放些红薯搞成面糊放点红糖。大儿子也想吃，二儿子就说：“哥，我是生病的人才能吃，你是不能吃的。”我白天上班，夜里就给孩子们做衣服、织毛衣袜子，根本没有钱给孩子们买这些日用品。

再生龙凤胎，喜得女儿

1975年，已经38岁的我梦想成真，有了女儿。因为我和我老公两家这辈子与上辈子都没有过双胞胎，而我却生了一对龙凤胎。因为1975年正是计划生育紧张的时候，我三个月就有六个月大的肚子，但我却没有反应，连自己都不知道有孩子了，还以为肚子里长了个瘤，到了医院检查一看是孩子。

我们单位李书记就让我去引产，可是医院领导说，肚子太大，不敢做这个手术，叫领导签字，可领导又不敢签字。后来才知道那时是戴环怀孕。就这样，我白天上班，夜晚还要做家务，吃也没有什么好吃的，而且吃也吃不下，因为是男孩头朝上、女孩头朝下的，男孩个头又大又胖，顶住胃吃不下，腿脚又水肿，连袜子都穿不上，就这样上了八个半月的班。

但不管怎样勤奋工作，领导对我还是有看法的，说我已经超生了，还想生个女的，这是违反计划生育。可我并不灰心，只要能生女孩，要我怎样我都心甘情愿。

1975年5月初六下午6点半下班回到家，我将被单等要洗的东西洗好，把桶里的水向外面倒的时候，这时两个孩子要出生了。

我赶紧叫人喊我老公，老公从学校回来带我到医院去，刚到没一会儿我就上产床了。

我的宝贝女儿出生了，但很快就被放在一旁，因为又要忙接生男孩。我的朋友贾护士长说："潘大姐，你的心愿终于实现了，是个漂亮的女儿。"我高兴万分。当时大出血，我说赶紧给打止血针，一支药水打下去，血止住了，这就是穷苦人的福分。

母亲离不开家里，只能来照顾我一个星期。她说："你自己能照顾好自己，我们生孩子也是休息时间不长，将孩子抱好放在一旁，就到田里做事去了。"

刚过一个礼拜，女儿就生病了，小肚子发胀，大便不通，到医院会诊，说是肠堵结，要开刀。我听了就哭得要命，这一点点大哪能开刀呀？如果开刀恐怕会送命，我想我的命真不好，好不容易盼来个贴心小棉袄怎么会这样呢？我就时刻以泪洗面，睡不着。

我认为可能不是肠堵结，是寒气，就是生下来没有人照顾放在一旁，又来忙第二个男孩，受了大寒。我就找验方看，用韭菜揉肚脐，大黄片吃足量。上午这样做，下午大便就通畅，小肚子不胀了，又能吃奶了。就这样尽心尽力，时刻照顾周到。

坐月子那段时间，我吃得最多的就是挂面、馓子、鸡蛋，但奶水两个孩子够吃。产假56天，而我45天就上班了，龙凤胎自己带，不迟到，不早退，中间不溜班。每次早晨起床，首先把尿片洗好，早饭做好，忙点别的事，有时就耽误了，没吃早餐就去上班了。上班后，回去吃碗粥，别的同志就说："靠近单位门口的真好，我也要向领导要房子，不迟到。"我听到这话，心里非常难受。从那以后我再也不溜班，再饿也要忍耐，不让别人说闲话。

我的一对宝贝，人见人爱，有人喜欢，有人帮忙。比如尿布放在外面晒，天天都有人帮我随着太阳走去晒，我想到底是谁帮我的呢？一看是好心的马奶奶，我当时感动得泪水直流。

就这样，一个月又一个月，盼到12个月后，一对宝贝会走路了。他们俩看到别人家的孩子有糖吃，就想要钱买糖吃，但是我没有钱给他们，我假装要用尺子打他们，顾客们都说："你怎么舍得打这么好的一对宝贝呀？"红红、卫卫姐弟俩一边哭一边走说："我们去学校找爸爸，让爸爸给我们买糖吃。"然后两个人手牵着手就去学校去找爸爸了。到了学校他爸就买了两块糖打发了。12点放学后，父子三人就一起回家。就这样一天天长大成人了。

子孙满堂的幸福生活

我的六个孩子现在都过得不错，有房有车，有点积蓄。最大最小的都生了个男孩，另外四个生了女孩，都是幸福美满的家庭。儿子、媳妇都有孝心。如果我回老家的话，都是你家请，他家带的，不让我做一点点事情，车接车送，热热闹闹、体贴关怀。苦去甘来，我已近80岁的老太太了，重孙子已有3岁。

我现在就在宝贝女儿家安度晚年。女儿是妈妈的贴心小棉袄，即使有时心情不好会发脾气，但气不到心里去，一会儿还是妈妈长妈妈短的。我的女儿对工作精益求精，心态好，虽然遇到了人生中最大的挫折，但她能够勇往直前，排除万难，希望她的未来会更好。

我们家现有22口人，个个都有一颗善良的爱心，特别是我大儿子，他从部队退伍回家分配到邮局工作。他有一颗见义勇为的心，每年都得到省里和单位的表彰与奖金，工作做得非常出色。

我的六个孩子，文化方面，有大学，有高中。娶媳妇都是自由恋爱，没有让父母烦过心。结婚时，有钱就多用，没钱就少用，没有意见，都是自力更生。现在每家都给我孝心钱。古人言，多子多福，苦尽甘来。

后记

时代不同了，现在家家户户都过的是小康生活，一对夫妇只有一个孩子实属太孤单，若一家有两个孩子就更好。孩子在苦水和在甜水中长大是不一样的，疼儿要放在心里疼，切不要娇生惯养，这是我的亲身体会。

一对夫妇生两个孩子好，好处真是说不尽。孩子多，不管弟妹都有个伴，有人玩。长大成人娶亲生子后，还可以减轻两头父母的麻烦，遇到事情，姐妹或兄弟都有个商量。

其实40岁左右的妇女们都可以生育，再生一个孩子，不管男孩女孩都好。

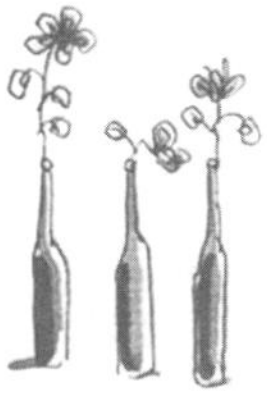

家有小妹初长成

／张惠敏／

我家来了个“新亲戚”

回想那年我还是一枚初二生，有一天老爸神秘兮兮地跑过来跟我说：“以后家里就有一个新亲戚啦！”我还傻乎乎地以为有人要搬来我们家，老爸各种挑明我还是一愣一愣的。

噢，难怪老妈的肚子胖了那么多，我还以为她最近不减肥了呢！

噢，难怪老妈拿了一本关于怀孕的书回家，当时还狡辩称买东西送的，重点是我居然信了！信了！这充分说明了未成年人是多么容易被骗！

Ta是一个好动的“小公举”

随着时间流逝，妈妈的皮肤变得越来越好看，脸色也变得红润，之前曾经看过一些书本，好像说肚子里面是女生的话由于雌性激素的增多，麻麻会变得更好看哟，看起来肚子里面的应该是一个“小公举”哟！另一方面，老妈的肚子变得圆滚滚的，肚子里的小调皮貌似获得了更多的空间伸展手脚，越发活泼好动了，睡醒了就爱调皮捣蛋，手舞足蹈地可以把老妈的肚子踢出一个棉花球大小的形状，有时候这个捣蛋鬼精神充足的话还可以玩一下游戏哟！轻轻敲打着肚皮，这个小淘气就像装了GPS一样，小爪总能在第一时间进行“反击”。

小笨蛋，你知道吗？这是我们第一次牵手哟！（还是说我牵的是你的脚啊！）

令人又喜又忧的“钉子户”

经过非常严密的推算（其实就是照书本的方法而已啦！心虚），妹妹的破壳日就在9月中旬，在8月底我就进入高度紧张状态，生怕一不留神我妹就从哪里冒出来。然而我的担心太多余了，平时这个调皮鬼居然安安静静地待在肚皮里，预产期过了还一声不吭，老妈忍不住吐槽我当年也是不肯乖乖“出来”，愣是打了催生针才在预产期当天出生，如果我这是及时拆迁，我妹就是妥妥的“钉子户”。

8月16日，俗称追月，而我们家迎来了一个成员。关于名字，与我拥有同一个“惠”字，另一个字是“姗”，寓意姗姗来迟。

家有小妹初成长

当我第一次看到小妹妹的时候，其实我的内心是崩溃的，说好的白白胖胖呢？说好的皮肤滑嫩呢？看着黑乎乎的脸，头上还长了一些类似于死皮的东西，这跟说好的不一样耶！不管怎么样，从天而降一个肉团团，感觉就像做梦一样，哪怕她并不是倾国倾城，也不高贵大方，甚至算不上机灵可爱，但她和我一样流着同样的血。在未来的数十年我们将会是彼此的依靠，我是她未来人生的掌灯者，而她，则是我一生的贴心小棉袄，无论她5岁或是50岁，她都会是我唯一的小妹妹。

都说小屁孩一天一个样，当初抱回来的小小猪五官渐渐长开了，再也不是黑黑丑丑的，皮肤越发白皙红润，头上长的类似死皮的东西原来可以用橄榄油软化，再慢慢撕开，头皮的位置也开始变得光滑。不过圆滚滚的四肢依然像莲藕一样一节一节的，经常被我捏来捏去。还有哟，姗姗妹的脸出现了传说中的Baby fat，两块小肉好似挂在脸上一样看着就好想一直捏下去，正因为如此每次我掐妹妹的脸都会被老妈骂个半死（据说这样会让小宝宝流口水），没办法我只好趁老妈不在才偷偷掐一下。

慢慢地，她不再像以前那样总是睡成猪了，偶尔需要运动以及娱乐，充分体现什么叫劳逸结合。每天早上慢悠悠地爬起来，吃饱喝足后就开始做运动。首先是翻身，看起来就像一团糯米糍滚来滚去，这个糯米糍可是很挑的哟，只愿意在软绵绵的床上活动，最终导致我这个初三毕业生的暑假一半时间都花在她的人身安全上了，因为担心她掉下床。然后，一个人玩腻了就会各种吵闹撒泼，没办法，暑假的另一半时间花在当她的玩伴上。

重色轻友

虽说三岁定八十，可是我觉得1岁的姗姗妹已经有了自己的人生观和价值观，那就是赤裸裸的重色轻友，先强调哈，我可没有抹黑她呀。

举个栗子（例子），如果有一男一女同时出现在妹妹面前，有百分之九十九的概率这只猪会选择和男生玩，还有百分之一啊，除非那个女的拿着巧克力吧，可是只要那个男的长得足够帅的话，巧克力也失去吸引力哦。

其实一开始并不是这样的。话说妹妹出生后，由于妈妈年龄的原因，一个人确实很难照顾妹妹，所以就搬去外公家了。可是问题又来了，没有多余的床铺给我爸休息，于是我爸就每天都要跑来跑去，最后还要被我们赶出去。另一方面，小姨和表妹每天中午都回外公家吃饭，换言之，在绝大部分的时间里，妹妹都是被一堆女人围着，因此导致很长一段时间妹妹患上了男人恐惧症，就算是老爸，抱一会儿就会哭，更不用说其他男人啦！

但是，这个毛病很快被克服了！自从姗姗妹搬到新家以后，估计是太久没接触异性了，再加上楼下一堆熊孩子天天和她一起闹，姗姗不仅不抗拒和小男生相处，桃花运还噌噌噌往上蹿，从此奠定了重色轻友的性格。

我的忏悔书

以前我的性格是那种毛毛躁躁、大大咧咧的那种，自从多了一个妹妹以后性格或多或少得到了磨合。但是，因为我的疏忽，我那个可怜的小妹妹没少受到惊吓。

有一次妹妹在我房间午睡，而我一直背对着她煲电话粥，当我挂电话回头的那一刹那，妹妹“咕噜”一声掉下床了！还是头朝下的那种！瞬间我家的小猪就哭得呼天抢地的，然后我就被喷了。说起掉下床，有一件事不得不说。有一段时间我在妈妈卧室打地铺睡觉，半夜突然觉得我的脚好痛，然后发现居然是我妹掉下床砸到我的脚。哈哈哈，平时半夜睡醒她总会嗷嗷大哭，偏偏那晚她睡醒了一时兴起想爬去床尾看我，一个不留神就砸到我的脚，害得我和我妈又好笑又心痛。

还有一次和妹妹趴在床上玩游戏，我翻身的时候不小心压到她的脚了。由于妹妹在趴着，没喘过气愣是哭不出声，可是小脸蛋瞬间涨成深红色。妈妈马上把她抱起来安抚她，然后我又被喷了。

经过这两件事后，你的姐姐，也就是我，真的要和你这只姗姗猪道歉。因为我的疏忽大意害你没少受伤，还有白白流了那么多眼泪。说真的，每次回想这些伤心事，我总会懊恼不已，但同样的我也知道陷入后悔是最无用的，我所能做好的不是避免犯错，而是从错误中吸取经验，以后对你好一点，小心一点。不仅父母，还有我，都希望你可以健康成长。

第一次带妹妹出去玩咯

自从小妹被送到幼儿园好好学习之后，她的生活发生了翻天覆地的变化，原来只能待在家里或者是外公家，现在可是向外又踏了一大步，看到精彩斑斓的世界自然就不愿意老待在家里咯，所以想方设法要出去玩成为她周末的主要任务。

于是在某个回家的周末，我突然想到我还没和妹妹单独出去玩，于是征得父母同意我就把妹妹带出门啦！本来觉得安全起见打的或者Uber会比较好，可是据说这只小猪喜欢上了坐公交车，有时放学宁愿搭公交车也不肯坐老爸的车回家，好吧，交通工具只好是公交车咯。说真的，很少看到妹妹那么欢快的样子，感觉自己好像也变得像小孩一样，明明去过很多次的商场也莫名变得很新鲜。

接下来，大家都猜到，两个大小吃货肯定会找一个地方吃吃吃，无论是鸡翅还是芝士焗薯泥，都被妹妹吃得一干二净，以前家里人出去吃饭只会下馆子去吃山西菜什么的（我们是山西人哈），因此像这些偏西餐的美食姗姗妹自然没机会品尝到咯！

后续？由于我们吃太撑了，吃不下晚饭，自然被妈妈狠狠地骂了一顿，而且回家前我特地嘱咐妹妹不要告诉妈妈今天吃了啥，没想到一回家妹妹就很兴奋地分享今天的经历，无力扶额！

对了，后来不需要老是往外跑，因为我坑了老爸老妈买了一个烤箱，介于自己做吃的比较安全和卫生，所以家人对这些小吃很是放心，姗姗猪又可以吃吃吃了耶！

剪头发

某天奉老妈旨意要带妹妹剪头发，表示这是第一次带妹妹去剪毛毛耶，话说我还有一点小激动呢！出门前老妈各种叮嘱，妹妹的头发要剪短点不然夏天会很热，然后我就像其他父母一样一直跟理发师说剪短点啊再短一点，结果妹妹的发型变成了典型的沙宣头，就是两侧头发长度不一样。我欲哭无泪地望着妹妹：“你会不会怪姐姐啊？”“没关系啦，头发可以再变长的嘛！”姗姗妹还反过来安慰我，我好感动怎么办！没想到回家以后家人都被妹妹的发型惊艳到了，还抓着问我在哪里剪的，这剧情颠覆太快，表示受到了惊吓。

傲娇的小妹妹

随着时间的推移，姗姗妹和我小时候的样子是越来越像，一大群亲戚表示没见过隔了15岁双胞胎，其实我们还有一个共同点，就是性格都很傲娇。

某天去某个饭馆吃饭，我跟男票票在微信聊天的时候他向我表达了他的担忧，就是怕我家里人不喜欢他，看着旁边的小猪各种动来动去，我就随口问了一句：“妹妹，你喜欢姐姐有男朋友吗？”没想到妹妹马上就翻脸说不喜欢，我瞬间就惊呆了。妈妈也看到这一幕，抱着逗女儿的心态不停地追问，可惜妹妹就是不买账，无论怎么问她都不肯回答原因。说真的，虽然妹妹说不上很自来熟，面对陌生人还是会有点羞涩，想不到她还会有抗拒的一面。既然没结果那就乖乖哄她吃饭，这件事慢慢地就被抛在脑后。

事后在回家的路上，小猪已经累得睡着了，我妈突然没头没脑地说了一句：“她是因为害怕。”“啥？”“你的妹妹还小，一直觉得家人就是属于她的，突然冒出个什么男朋友，她会觉得这个男的会把你抢走，她以后就少一份疼爱，能不害怕吗？”恍然大悟的我莫名觉得很好笑，原来是这个原因，姗姗果然是个傲娇鬼，妹妹你就没想过是多一个人来爱护你吗？真的被姗姗妹打败了。

男朋友驾到

咳咳，说的是我男票Z啊，不是我妹妹的。

话说有一次回家，顺便捎上我的男票（哪里怪怪的，由于之前给全家人特别是这个捣蛋鬼做了思想工作，所以表面上还是比较其乐融融）。

晚饭时间前，Z想方设法和妹妹拉近关系，什么抱着转圈圈、什么蹦蹦床啊都派上用处，像我妹妹这种那么重色轻友的家伙怎么还会板着脸咧，早就被Z哄得心花怒放了，表示你的姐姐也就是我好像也没那么好的待遇啊。我贪好玩亲了Z的脸，妹妹马上也跟着凑过来，欸欸欸！不要脸！你不可以亲他啦！

吃完饭的时候我顺手喂了Z一块肉，妹妹马上做出呕吐状，妈妈马上就被逗得哈哈大笑，而我和Z则是狠狠地盯着妹妹，敢怒不敢言。姗姗妹！你那么小就当FFF团，长大了还得了？

PS：FFF团就是指打击异性恋。

掉牙啦！掉牙啦！

作为家里最小的一枚熊孩子，自然是衣来伸手，饭来张口，只要是不算太过分的要求基本都同意，这个岁数的小屁孩还会有什么要求呢，无非就是零食和玩具，所以在不知不觉中，妹妹的牙齿都被黑化了，就是蛀牙啦！对此现象，我非常严肃地和父母商量如何让姗姗的牙齿恢复正常，首先是每天监督她刷牙，这个懒猫总是假装很困企图逃避刷牙，别傻了，我可以帮你刷！同样为了让她乖乖刷牙，特地买一些什么草莓味还有巧克力味的牙膏再加上有动物形状的牙刷，以此提高她对刷牙的兴趣。其次，零食才是牙齿最大的敌人，虽然妹妹一点都不胖，可是满嘴的蛀牙真的让我大倒胃口，偏偏家里的冰箱放在客厅的沙发旁边，换言之，只要她爬上沙发，打开冰箱，想吃啥就拿啥。所以在很短一段时间内家里根本找不到任何零食，然而，受不了的姗姗妹向老爸撒娇，零食供应又恢复正常了，气得我差一点去买冰箱锁把冰箱彻底封锁起来。

当然，还有一个方法可以解决蛀牙问题，那就换牙，这是最简单粗暴也是最好的方法。终于，某天，姗姗猪的牙龈出现了一点白色的东西，啊啊啊！是新的牙齿！兴奋得我差点把原来的那些蛀牙全都拔出来！原来的牙齿慢慢地变松了，新的小牙齿像雨后新笋一样疯狂成长，好像不止一颗哦！以后除了打疫苗，还有看病外，又多了一个原因去医院啦！哈哈哈！原谅我幸灾乐祸（这只猪很讨厌去医院的哟）。

爱说反话的姗姗猪

一直以来，我以为传说中的叛逆期是出现在初中，最典型的例子就是我啦（而且还是因为妹妹的出生提早结束叛逆期orz），没想到现在的小孩子那么早熟，在幼儿园就出现“叛逆”倾向，具体表现就是，姗姗妹最喜欢说反话。

在11月上旬，我们一家四口决定回山西探亲还有散散心，本来每年都是爸爸妈妈还有那只臭猪回去的，我今年课比较少就决定回去看看，上次回山西还是妹妹出生的时候呢！于是一路上就听着老爸和妹妹的各种抬杠，“姗姗你是大饭桶！”“你才是大饭桶！”“姗姗你给我坐下来！”“我就不坐下来！”听得我哭笑不得。而且姗姗年纪比较小，对于否定只会用一个“不”，所以她的反话听起来真的很像小孩子闹脾气的那种，真的很可爱。

后来和老爸的朋友一起吃饭，老爸一时兴起用山西话逗妹妹：“你是个憨憨。”没想到妹妹居然无师自通听懂这句话了，马上噘着嘴反击："你才是憨憨，你永远都是憨憨。"饭桌上瞬间爆发出笑声，表示被姗姗折服了。

后记：关于我的感受

最近了解很多关于大宝和二宝引发的家庭矛盾，比如说什么威胁父母不准生二孩，或者说弟弟妹妹出生后和家里的关系急剧下降等，就像我有一个朋友接近20岁突然多了一个小妹妹，让她感觉自己在家里的地位岌岌可危，或者说，被迫把原本属于自己的关怀分了大部分给妹妹，可想而知，这对姐妹真的不怎么亲。这让我回想到当年当我得知妹妹存在的时候，我真的没有感觉到什么抗拒的情绪，也不会感受到她对我造成的威胁。首先是我很喜欢小朋友，在大街上看到可爱的小宝宝都忍不住多看几眼，如果允许的话我还会抱抱他们，然后还会特地蹲下来和他们聊天，我相信这种行为是对小朋友的尊重，因为我们都在同一个水平线上哟！其次，从小父母比较偏向于把我培养成独立自主的人，但更多时候我会感到一点点孤单，再加上身边很少小伙伴有兄弟姐妹，不得不说在15岁以前没有弟弟妹妹是一个遗憾。估计是老爸老妈能体会我的感受吧，再加上我读高中读大学就要离开他们，顿时家里变得很冷清，这个时候要是多一个小淘气那该有多好。于是，“姗姗来迟”背负着我们的希冀诞生啦！

然而并不是一帆风顺，妹妹出生那年我刚好读初三，面临中考，或多或少会有一点压力吧，然后每天的作业还是蛮多的，可是这个淘气鬼一点都不体谅姐姐，老是哭。一会儿要喝奶粉，一会儿要换尿布，有时候不愿意一个人待在房间里还要有人陪她玩，还有她对我做作业这个行为非常好奇，总是要我妈妈把她抱去我房间看着我做作业，还要咿呀咿呀地叫。还有遇上我妈妈病了或者太累的时候，我要一边陪她玩一边看书，看得烦躁的时候确实觉得妹妹好烦啊。后来她会走路了老是跑来我房间看我在干吗，我不肯开门的话就一直在拍门，还跟妈妈告状，我表示惊呆了。

但是，这个贴心小棉袄的大部分时间还是很乖的。遇到不开心的事会求抱抱，一边撒娇一边索吻

（好害羞），从老师那里拿到了小红花会第一时间分享而不是独占。妈妈的耳朵有问题总是不能听到我们说话，这只小猪就一次又一次地复述好让妈妈听得见。姗姗并不是最乖巧最懂事的小孩子，也算不上很听话，但她的一喜一怒、一言一行都会是我回忆中的小星星，在我的夜空中不停地闪烁，因为只有她才配得上我心中的“only”。

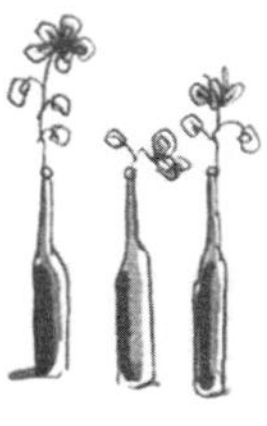

写给未来弟弟（妹妹）的一封信

／胡赛尔／

那个还没出生的小家伙：

你好！

想着有一个和我有着相似基因却又和我完全不同的新生命将来到这个世界，心中真是有一种从未有过的奇妙的感觉。

你究竟是怎样的一个人呢？

若你是个男孩儿，也一定会和小时候那个活蹦乱跳的我很类似吧。若真的如此，我得提醒你多加小心，以免和我一样留下各种缝针的伤疤。所以，你还是当个安静的美男子吧。

可惜啊，要是你和我一样喜欢运动，我们可能没法并肩作战了。等你到了我这般年纪时，我早已是“老骥伏枥”了。

若你是个女孩儿，恐怕我没什么可建议的，毕竟我也没有什么“过来人”的经验。只是希望你不要大哭大闹，少惹麻烦罢了。

下面，我还是告诉你一些曾有过的“人生经验”吧。

等你进了小学，也许会有比我更大的压力吧。但我仍希望你每天能在放学后与小伙伴们相约，痛快地玩耍一番，毕竟这也许会是你人生中最无忧无虑、最快乐的时光。哦，差点忘记了，有一件事你需要谨记：等你进入了青春期（也许会是五六年级吧）时，要多克制自己，不要与老师顶嘴（即使有时候你并没有错）。因为我可是为“顶撞”一位“中年校长”吃了不少苦头，你可要多加小心。

你步入初中后，也许会感到更大的来自中考的压力。说什么“分数不重要”都是假的，谁不希望能有更体面的成绩、进入更好的高中呢？只是不要当“唯分数”者而已。你应该好好学习，但也别忘了放学后好好与同学在球场上叱咤一番。除此之外，我还为你惋惜，因为你无法受到我曾经受过的那些初中老师的教诲了。

还有一点，是老妈总提醒我的，我现在也和你说说。那就是：经常保持微笑。这一点我自身很难做到，但其作用巨大。比如说，我时常会给初次见面的人留下一种“poker face”的印象，只有混熟了才知道我幽默的本质。所以，你可要记着点儿，别因为这样在人际交往中产生天然的隔阂。

唉，这也已经是我在经历过的15年中所能给你的全部的人生经验了。

无论如何，我对你的到来还是很期待的。毕竟看着一个人成长，始终让人感觉自己也会随之收获些什么。

想成为哥哥的我

2015年12月12日

四十再当妈之医生如是说

／黄恩杰　罗　新／

题记：生育是一个美妙的生命缔造的奇迹，每一个曾经经历过怀孕的妇女都会知道用自己的身体孕育一个新生命是怎样的一个过程。作为一名妇产科医生，清楚了解四十再当妈实属不易，无论从生理上还是心理上来说，都是人生一大挑战。

妇产科医生的压力与挑战

人生百态，时过境迁！看着妇产科熙熙攘攘的流动人群，想起昔日人们都牢牢抓住“只生一个好”的号召，现在，实行了40多年的计划生育政策已成为过去，不少人叹息，不少人欢呼，也有不少人忧愁。几代的医生前辈们见证这一系列的巨变，“晚婚，晚育，少生，优生”的提倡已成为过去，现在面对全面放开“二孩”，医生们可谓在悲喜参半中迎接新的挑战。

据统计，中国25～29岁的生育率从2004年的102.44‰下降到2013年的96.82‰，35～39岁的生育率由2004年的8.65‰上升到2013年的17.15‰，而40～44岁的生育率由1.77‰增长到5.74‰。对于这次全面放开“二孩”的政策，妇产科医生最大的感受就是备孕咨询人数的增多，且年龄偏大。三四十年前，医生们响应口号，推行的是少生、优生，在我们的手上，很多的小生命就这样被扼杀在胚胎之时。那时没办法，国家实行计划生育，要不就好好避孕，要不就得堕胎。以前想得更多的是如何做好避孕，现在全面二孩放行，医生们又得重新评估，并且更多地关注高龄妊娠、多胎妊娠。这段时间，来咨询二孩事儿的人可谓一天比一天多，而且年龄大多在35岁以上，甚至50岁的女性也有过来咨询的。虽说高龄孕产妇承受着很大的压力，但最终的压力承受者还是妇产科医生。

“四十再当妈”的动心与担心

显然，“二孩全面放开”的政策对这群年纪在36岁至45岁之间的70后家庭震撼很大。十多年前他们中有能力有金钱又想生二孩的，大多到了香港或国外生孩子。对于剩下的这部分人带着当初的遗憾，一直在等待。“双独二孩”“单独二孩”的出台让他们看到了希望，然后，等待变成了对未来的期盼。现在机会终于来了，但他们俨然已错过了最佳生育年龄，他们要生二孩，所面临的困难与风险会更多。70后们踏入不惑之年，正如作家三蛊说：所谓不惑之年，追求过，放弃过；奋进过，颓废过；勇敢过，退缩过；肤浅过，深刻过；天真过，世故过；普通过，二逼过。70后们在事业上正如日中天，虽然上有老下有小，工作压力也大，担心自己工作忙而没多余精力照顾孩子，也曾担心过年龄上的问题。对于二孩，有些人认为这把年纪了，孩子已经大了，没必要再冒这个险，还不如轻松自在地活着。美国人更是认为中国家庭舍不得一孩模式，是因为这部分家庭更愿意花费在一个孩子身上，进行优质培养。优质培养让这部分家庭感觉负担太重，幼儿园、补习班、兴趣班等等，已经无力再培养另一个孩子了。有位年资稍大一点的医生如是说："我如果要二孩，也不会等到这个时候，而且现在努力赚钱，为了以后养老有个着落。现在国家福利逐渐好起来，我早就想好以后找个养老院了，不麻烦孩子了。而且我自己也是独生子女，没觉得有什么不好的。"然而，对于其他行业尤其是白领阶层的女性，有了家庭、有了事业、有了金钱，唯独对当初由于事业的限制只生了一个孩子感到遗憾。她们中有很大一部分人愿意冒这个险。

"全面二孩放开"的政策，最心动的是谁呢？最担心的又是谁呢？

广东与其他北方的一些省份不同，重男轻女的情况在很多地方都存在，因此二孩或多胎的孕妇常有，但多数都是在35岁以内、没有固定工作的女性。现在二孩全面放开，吸引的除了部分年龄较小的白领阶层女性外，来医院咨询的更多是有一定经济基础而想备孕二孩的高龄女性。通常高龄女性是指年龄大于35岁的妇女。女性随着年龄的增长，会出现生殖功能下降，不孕症发生率增加，并发症发生率也显著增高。两年前“单独二孩”政策未能真正让70后至85前的女性受惠，现在新政策即将放行，她们也随之开始蠢蠢欲动。虽说不能“抢生”，但是作为最等不起的一批人，他们正在与时间赛跑，带着各种纠结与担忧，开始穿行于医院、家庭与工作之间，希望能赶上政策的落实。

一心想生二孩的“宫外孕”病人

这几天赶巧有个宫外孕的病人，39岁，白领阶层，一直在生殖辅助中心治疗下准备二孩。在复诊过程中，曾有阴道流血，后来就发现是宫外孕。当时收进医院时，病人表现很平静。问起她为什么选择在这个年龄才想要二孩，她笑了笑：“人到这个年纪，想的事情也逐渐多了。孩子现在慢慢长大，但一个人总是太孤单了，总想为他添个伴。如果有个弟弟或妹妹，孩子以后就不用压力那么大，即使金钱不差，也得要精力来照顾我们吧。我们这一代人基本都是独生子女，上有‘四老’，下有‘一小’，压力太大了。不应该再让我们的孩子承受这份苦。以前政策没落实，心里也不踏实。丈夫是公务员，基本每三个月就要到单位体检，即使家里老人一直在唠叨，我们也根本不敢提二孩的事，生怕把现在稳定的生活丢掉。现在家里的经济情况还算可以，政策也快来了，就想着再生一个。唉，没想到就宫外孕了。”身旁的丈夫一言不发，只是静静看着身边的妻子，一脸懊悔的样子，感觉是自己让妻子受苦。问她接下来是否还要继续准备二孩。病人看了一下丈夫：“如果可以的话，我还是会继续努力的。人生不如意事常有八九。多一个小孩，家里多一点人气，多一点活力。现在我孩子已经初中了，对他的付出也是尽心尽力的，虽不说德才兼备，但他有德便是我们最安慰的事情了。而且，他自己也觉得多一个弟弟或妹妹挺好的，平时放学回家还可以逗逗玩，放松放松。”虽然备战二孩而发生宫外孕的情况也常见，特别是高龄女性，发生率比年轻女性更大。不过还是要积极点，毕竟现代的医疗技术正处于蓬勃发展的时期。

高龄生育的“难”与风险

高龄女性在生殖生理的变化主要表现为以雌激素下降、促性腺激素水平升高为特征的生殖内分泌改变，以及以卵泡数量减少和卵子质量下降为特征的卵巢功能减退。从优生学上讲，女性最佳生育年龄为25～28岁；30岁后优质卵子数量日渐缩减；35岁后卵巢功能开始衰退，卵子的数量及质量也大打折扣，出现内分泌失调、排卵异常，生育能力下降，怀孕的概率也随之下降；50岁以后就基本丧失了生育能力。

高龄妊娠除了怀孕的概率降低外，还将给妊娠期女性带来诸多风险：

（1）胎儿缺陷：包括染色体异常（21-三体综合征、18-三体综合征及13-三体综合征）、胎儿畸形（如无脑儿、脑积水、心脏畸形）等。其中唐氏综合征是最常见的染色体疾病，主要症状表现为胎儿智力低下，将会给社会和家庭造成沉重负担。

（2）妊娠期高血压及子痫前期：妊娠期高血压的发病机制尚不明确，但肯定的是随着年龄的增长其发病率越高，主要是因为产妇血管内皮受损程度随着年龄增长而不断增大，其血管弹性减弱。轻度患者表现为头晕、恶心、呕吐，若达到子痫前期或子痫甚至会出现视力模糊、上腹部疼痛、蛋白尿、抽搐、昏迷，严重威胁母婴生命安全。

（3）妊娠期糖尿病：妊娠期糖尿病是高龄产妇高发高危疾病之一，其原因主要是随着年龄增长，胰岛素受体和胰岛素亲和力下降。另外一个原因是高龄孕妇肥胖率较高，导致机体对胰岛素的敏感性降低，并产生胰岛素抵抗。妊娠期糖尿病对母亲的影响包括妊娠期高血压疾病、 早产、 羊水过多、前置胎盘、 产后出血、 胎膜早破等；对宝宝而言，可以引起胎儿生长受限、巨大儿、胎儿窘迫、新生儿低血糖等。因此，高龄孕妇要重视对妊娠期糖尿病的管理与治疗，严格定期产检，加强母婴监护。

（4）围生儿并发症：40岁再当妈的这部分人群中有个明显表现就是文化程度普遍较高，对个人和宝宝的安全有着较高的期望。但应该明白，高龄妊娠本身就是对宝宝的一个打击，其并发症如早产、胎儿生长受限、胎儿窘迫、低出生体重儿、胎死宫内等都比年轻族要高。然而，现代医疗水平的提高，大家也不必过于恐慌，减少个人的负面情绪，对宝宝的发育也是有好处的。

其他并发症常见的包括流产、早产、胎盘早剥、胎盘植入、难产、产程延长、产后出血、产褥感染、剖宫产率增加等等。

高龄生育常见问题解答

根据门诊病人常见的问题，我们有以下简单解答：

1. 我年纪已经大了，还有机会怀孕吗?

正如上文所说，由于高龄女性的卵巢功能正处于下坡阶段，生物钟在逐渐加快，其受孕的概率明显低于年轻人群。更有研究发现40岁以上女性每个月经周期的受孕机会只有1/100。尽管如此，这部分女性中也有许多能够正常妊娠的。

首先，夫妻双方最好在计划怀孕前3～6个月进行全面体检，体格检查主要包括一般体格检查（血压、心肺等）、生殖系统检查（B超、白带、宫颈细胞学检查、HPV病毒检测等）、其他实验室检查（如血常规、肝功能、血糖、甲状腺功能、病毒全套等）。另外，女性可在妇科门诊做性激素检测、排卵监测等，了解卵巢功能及排卵情况。男方可在男性专科做精液检查，了解精子功能。既往有过妊娠史，而后无避孕连续12个月未孕者称继发不孕。不孕症的原因很多，常见的女性不孕因素为盆腔疾病（输卵管异常、盆腔粘连、盆腔炎、子宫内膜异位症等）、排卵异常（多囊卵巢综合征、卵巢功能早衰等）、体重超标；男性因素主要是生精障碍和输精障碍。这部分人群在计划怀第二孩之前双方需进行生育功能的全面检查，如果双方检查都无问题，可以在医生指导下催排卵、监测排卵、指导同房；如果符合不孕症的诊断并且有相应指证，则应尽早到相关科室（如生殖辅助中心）治疗，如果治疗后仍无法怀孕，可以尝试“人工授精”“试管婴儿”等技术助孕。尽管辅助生殖技术有一定的风险及失败率，但这项技术毕竟为很多不孕的妇女带来一丝希望。

高龄育龄妇女，原本就错过了最佳生育年龄，对于怀上二孩的概率也相应地比原来低，因此如果真有打算要生二孩的话，能自然怀上当然最好不过，若半年以上仍未受孕，可积极寻找原因，以免等待太久，耽误最佳治疗时间。

2. 对于高龄备孕二孩，我需要做哪些准备？

高龄备孕二孩，准备时间不宜过长，因为无论准备的时间多长，风险还是一样存在。尤其想要40岁当妈，身体各方面面对的挑战都很大。如果已经有了备孕二孩的想法，就不应该过多地顾虑，尽早到医院咨询，开始着手补充钙和叶酸，最好在计划的前三个月补充足够量的含叶酸的复合维生素。另外，保持健康的生活习惯、合理饮食、适当运动、保持心情愉快也有助于怀孕。如果是意外怀孕，没有提前补充叶酸，只要不是极度偏食或者严重营养不良的女性，也不要过度恐慌，及时开始服用就可以了。

此外，如果顺利怀上二孩，应尽早进行产前检查。高龄孕产妇有染色体异常、畸形胎儿的风险增加，在三个月之前就应该开始产前检查，给医生充分的时间和你讨论并为你提供产前诊断（例如NT测量，或者绒毛活检，唐氏筛查以及必要的羊水穿刺，及早发现染色体异常的胎儿）。如果高度怀疑染色体异常或某些遗传性疾病，须做侵入性检查，如绒毛活检、羊膜腔穿刺及经皮胎儿脐血管穿刺，须做染色体分析。对于该类技术目前仅在大城市的部分三级医院开展，所以在备孕时最好了解清楚有开展该类检查的医院。最好固定一到两个产检医生，让医生对你的情况可以有一个比较系统的认识。怀孕后期的注意事项可以向产科医生了解。

3. 如果我现在还在避孕，如果想要再怀孕，需要多长时间?

为了响应计划生育的号召，70后女性基本都采取了不同的避孕方式，而不同的避孕方式，准备的时间和方法有所不同。

（1）输卵管结扎者：很多人以为结扎了就没办法再怀孕。其实，只要你有输卵管复通证明，可以到正规的医院行输卵管复通手术。手术成功者，术后一个月即可尝试受孕。也可到生殖中心就诊，行辅助生育技术即俗称“试管婴儿”，但所需时间长，费用较多。

（2）上环者：可以在月经干净第3～7天来妇科门诊行取环术。在取环前，一般禁止性生活，需要白带、妇科B超等检查。如果因上环时间长，年纪大，取环困难，取环失败或者怀疑节育环部分嵌顿等，需在超声引导下或宫腔镜直视下取环。取环顺利者，待正常月经来潮后，即可尝试受孕。

（3）口服短效避孕药者：现在的避孕药如妈富隆、达英-35、优思明等对怀孕没有很大的影响，一般停药月经来潮后，即可尝试受孕。

（4）使用避孕套者：做好孕前检查后，即可尝试受孕。

（5）如果你是经常服用紧急避孕药的：因紧急避孕药易引

起月经失调，建议月经恢复规律后尝试受孕。

4. 我第一胎剖宫产的，如果想要二孩，我能顺产吗?

如果第一胎是剖宫产，会造成子宫内膜损伤，子宫上会留有瘢痕，这使第二孩可能会发生瘢痕妊娠、子宫破裂，前置胎盘、胎盘植入发生的概率增加，而且再次剖宫产的概率大大增加。因此，对曾经剖宫产的高龄女性来说，再次怀孕无疑是冒着更大的风险。传统观念认为“一次剖宫产，次次剖宫产”。其实这种观点现在正在被重新审视。如果情况允许，B超监测疤痕厚度尚可，在医生严密的监察下，选择阴道分娩是安全可行的。一般来说，首次剖宫产部位在子宫下段，无切口感染及晚期产后出血，在孕36周B超检查子宫下段肌层厚度在3mm 以上且连续性好；再次分娩距首次剖宫产手术两年以上；首次剖宫产指征不存在的，可以尝试阴道分娩。

如果不幸是疤痕妊娠，则需要慎重处理。疤痕妊娠属于异位妊娠的一种，通常被称为罕见但却异常凶险的产科急症。传统的观点是：一旦确诊为疤痕妊娠，须尽快终止妊娠。因为子宫疤痕处结构异常，比正常组织薄弱，随着胎儿的不断长大，疤痕处很容易被撑撕开，导致子宫破裂。除外，疤痕妊娠容易导致胎盘植入，分娩时容易引起大出血，严重的还可能需要切除子宫，甚至危及生命。因此，如果是疤痕妊娠，通常建议尽快行清宫术。但现在技术的改进，也有疤痕妊娠成功的例子。如果愿意冒险，想继续怀孕，就必须到有经验的大医院，在产科医生的严密监控和指导下进行产检，并接受医生各种积极的干预，直到顺利分娩。

5. 有妇科炎症能直接要二孩吗?

40岁，除了卵巢功能不佳外，还有就是卵巢功能不佳所带来的一系列的妇科问题，而妇科炎症就是其中常见之一。尽管妇科炎症（如阴道炎、宫颈炎、盆腔炎等）就像感冒一样太普通、太常见，但如果孕前处理不当，无疑是给整个怀孕期间带来了不必要的风险。炎症最直接的影响是，分泌物增多，阻挡了精子的路，从而减少了怀孕的概率。不仅如此，怀孕后身体变得更为敏感和脆弱，此前被忽视的炎症便会加重，先兆流产概率增多。因此，如果有妇科炎症的女性，先不要着急怀孕，把妇科炎症治疗好后，再有条不紊地备孕，否则会增加孩子畸形、流产的风险。

6. 备孕时意外宫外孕，我还能再继续怀孕吗?

近几年，由于辅助生殖技术的应用，宫外孕的发生率正在逐渐升高。有研究报道一次宫外孕后重复宫外孕的概率为15%～30%；两次宫外孕后，重复宫外孕的概率上升至32%。再加上高龄女性，其宫外孕的发生概率也大大提高。对高龄女性来说，时间就是金钱。一般来说，再次备孕时间最好在宫外孕后治疗的3～6个月，并且要做好抗感染治疗。在备孕期间，定期随访，必要时行输卵管通液术、宫腔镜等微创检查。如果运气不好，怀不上或还是宫外孕的话，则可能要通过“人工授精”“试管婴儿”等技术助孕。当然，这种方法花费也相对较高。

7. 孕前发现子宫肌瘤，应该如何处理?

子宫肌瘤可谓是女性生殖器最常见的良性肿瘤，多见于30～50岁的女性。子宫肌瘤一般无明显症状。很多患者在体检或进行孕前检查时，才偶然发现子宫肌瘤。对于40岁想再当妈的女性，恰好在子宫肌瘤高发年龄段，遇到子宫肌瘤的时候，总会担惊受怕。子宫肌瘤是引起不孕症的原因之一，其自然怀孕的几率约为28%。而子宫肌瘤者自然流产率达14%，有的甚至高达69%，几乎是正常妇女的2倍。子宫肌瘤通常由高性激素水平引起，在怀孕期间，体内的高激素可引起子宫肌瘤的增大，甚至出现红色样变（肌瘤增大坏死，可引起患者剧烈腹痛伴恶心、呕吐、发热等）。此外，子宫肌瘤还增加了流产、早产、难产、胎盘前置、胎盘植入、产后出血等的风险。

目前，多数学者认为年龄偏大而有生育要求的女性，无论有无明显症状，都应该对子宫肌瘤进行治疗。一般来说，如果患者子宫肌瘤较小（<5cm），可考虑无创治疗（如药物控制、高强度超声聚焦刀）。这种方法伤害小，恢复快，风险低，治疗后在较短时间就可以进入备孕期。如果子宫肌瘤较大或多发性子宫肌

瘤（最大直径≥5cm），考虑用促性腺激素释放激素类似物让子宫肌瘤缩小后再行微创手术治疗。该治疗方案一方面可以减小手术创面，从而减少出血，另一方面，子宫损伤小，术后恢复快，若无明显子宫内膜损伤者，术后6～12个月便可着手怀孕。

8. 孕妇可以照射X线吗?

在普通人的认识里，认为只要是X线照射就会伤害胎儿，甚至引起畸胎。因此，经常可以碰到很多早孕女性仅仅因为接受诊断性放射线（如胸片、腹平片等）到医院终止妊娠。另外，由于医患关系紧张，很多地方的医生为了避免以后出差错，也告诉病人孕期受到了照射会造成胎儿畸形，趁早终止妊娠，引产了事。其实，绝大多数诊断性的放射性检查是不会造成胎儿伤害的，如果非说有也是非常非常低的。美国放射学会明确地说单次诊断性的X线检查的受照射剂量根本达不到能造成胚胎或者胎儿伤害的剂量。研究表明，高剂量的离子射线会对胎儿造成很多严重损伤，如流产、胎儿生长障碍、小脑畸形、智力发育障碍、提高儿童恶性肿瘤风险。因此，如果只是单次低剂量的X线检查（如X线、腹平片等），孕妇不必太过恐慌，毕竟40岁当妈不容易，不要轻易放过一次机会。

9. 这个年纪再怀孕，应该怎样饮食比较适当呢?

高龄妊娠是妊娠期糖尿病、妊娠期高血压的主要危险因素。

更有研究发现，40岁以上的二孩妈妈发生妊娠期糖尿病的危险是20～30岁孕妇的8.2倍，发生妊娠期高血压的危险是20～30岁孕妇的2～3倍。因此，高龄育龄妇女既要注重营养补充，也忌营养过剩。日常生活饮食应该注重粗细结合，咸甜适当，多样均衡；避免高糖、高油饮食，多摄入一些富含维生素、纤维素的蔬菜等，水果适可而止。此外，超重或肥胖的女性需要控制体重。肥胖可带来诸多的问题，如不孕、妊娠期糖尿病、妊娠期高血压、脑血管疾病及孕期带来的一系列并发症等。对于这类女性，建议应该在控制体重后再怀孕。目前，控制体重的方法有很多，但总的来说要注意运动与饮食结合。运动，以有氧运动为主，如快走、慢跑、健美操等，以无氧运动为辅，如举重、俯卧撑等阻力运动，两者相交替，往往效果才比较显著。另外，饮食控制也是一个很重要的因素。如果你不喜欢运动，那就应该学会现代人的非药物干预体重管理。在这种模式下，往往能在比较短的时间取得一个相对能接受的效果，同时对养成良好的饮食习惯有好处。总而言之，合理的饮食与恰当的锻炼是治疗、控制肥胖，促进脂肪分解、改善血脂代谢的良方，超重者、肥胖者要改掉不良的饮食习惯，避免吃高糖高脂的食物，清淡为主；要控制食欲，七分饱即可；三餐有序，不要暴饮暴食，可以适当加餐，低能量食物为主，如水果、酸奶等。

后记

在生育这个敏感的领域内，没有什么别的标签比“不育”这个标签对女性的伤害力更大了。它会给一位女性带来自卑，带来彷徨，而心理的暗示常常导致生理的改变。有研究发现印第安某些部落常常在50岁甚至60岁以后还能怀孕生子，有人认为这也许是因为从未有人告诉她们说她们的卵子太老了。现代的人们在考虑要孩子的时候，往往变得更理性、更逻辑，尤其是那些已经生过一个孩子的母亲。她们一方面需要考虑个人的身体因素，另一方面还要顾及孩子的感受。40岁再当妈，承受着心理与生理的压力，她们需要更多的支持、更多的关爱与更多的理解，同时，相信现代医疗技术，心如静水，积极尝试，成功与否，也不要太过介怀。

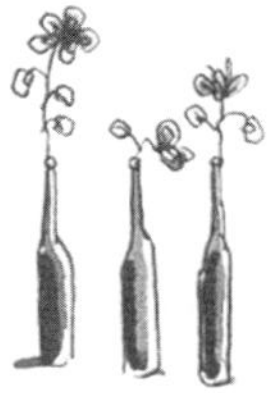

当你在日记上写下新的一页
别忘记
来看看我的眼中
我已用黑蝴蝶
永远掩隐的太阳

我愿意和你穿过那片透亮的
摇曳着蓝绿枝叶的树林
带着湿漉漉的太阳和三个月亮
走向你必须下去的山洞
走向你最强烈的畏惧

From

FAR, FAR AWAY

我从很远的地方来看你

用了世界上最轻最轻的声音
轻轻地
唤你的名字每夜每夜

如果我可以不长大，妈妈你可不可以不变老……

和你赶上
最好的相遇